Bordesholmer Edition
Biographische Reihe

Drei Teilnehmerinnen und ein Teilnehmer des Biographie-Kurses bei Jürgen Baasch haben beschlossen, die Feder nach dem Abschluss des Seminars nicht beiseite zu legen. Es entstand die Idee, ein Buchprojekt gemeinsam vom Anfang bis zum fertigen Produkt zu gestalten. Das Ergebnis, geneigte Leser, halten sie in Händen.

Christa Heeschen, Jahrgang 1935,
besuchte nach dem Abitur die
Pädagogische Hochschule in Kiel und wirkte
in Einfeld als Grund- und Hauptschullehrerin.

Regina Gay, geboren 1944 in
Pommern, bewirtschaftete nach
Tätigkeiten im Pflegeberuf mit ihrem
Mann das Gut Annenhof.

Karin Müller-Wichards, (K.H.) Jahrgang
1947, 5 Kinder, ist Hausfrau,
Mutter und Künstlerin.

Heinz Zemke, geboren 1940 in Pommern,
war Bankkaufmann, Fussball-Schiedsrichter
und Motoradfan.
Er wohnt mit seiner Frau in Wattenbek.

Jürgen Baasch, geboren 1945,
begann nach seiner Tätigkeit als
Bürgermeister der Gemeinde
Bordesholm zu schreiben und gibt
Biographiekurse.

Murmelspiel und Schabernack

Alltagsgeschichten aus unserer Nachkriegskinderzeit

Von
Christa Heeschen
Regina Gay
Karin Müller-Wichards
Heinz Zemke
Jürgen Baasch

Inhaltsverzeichnis

Zur Einführung

Am 8. Mai 1945 kapituliert Deutschland bedingungslos. Nach Schätzungen des Roten Kreuzes sind rund 36 Millionen Soldaten und Zivilisten im zweiten Weltkrieg umgekommen.

Die Tragödie von Flucht und Vertreibung bringt Menschen unter furchtbaren Begleitumständen in unser Land.

Während in Nürnberg führende Repräsentanten des NS-Regimes vor Gericht zur Verantwortung gezogen werden, beginnt der Wiederaufbau. Aber alles ist knapp, die Versorgungslage kritisch. 1948 geben die USA grünes Licht für das europäische Wiederaufbauprogramm. Über 550 Millionen Dollar werden über den Marshallplan nach Deutschland gepumpt, um die Wirtschaft wieder auf die Beine zu bringen. Es geht aufwärts. In den 50er Jahren erfährt der „goldene" Westen einen beispiellosen Aufschwung. Nierentisch und Petticoat, soziale Marktwirtschaft und Fußballweltmeister- wir sind wieder wer.

In dieser Zeit verlebten wir Kriegs- und Nachkriegskinder unsere Kindheit. Kindliche Unbekümmertheit passte oft nicht in eine von Kriegserlebnissen und den Erfahrungen der Gefangenschaft, der Flucht und Vertreibung belasteten Gesellschaft. Ich, Jürgen Baasch, bin im Jahre 1945 geboren. Der Jahrgang bildet die Wespentaille in der deutschen Bevölkerungspyramide. Die Leute hatten Wichtigeres zu tun, als Kinder zu kriegen. Und wirft nicht das Datum meiner Geburt wirklich eine Frage auf: Was gab dem 23 jährigen Unteroffizier der Waffen-SS und der 20 jährigen Fischverkäuferin den Mut, einen Monat vor Kriegsende auf der Flucht vor sowjetischen Angreifern versteckt im Landeskrankenhaus Neustadt in Holstein, ein neues Leben zu erwecken? Wollten der oberschenkelamputierte Soldat und seine junge Frau ein Zeichen setzen gegen den Untergang, wie Luther ein Apfelbäumchen pflanzen als trotziges Dennoch? Eher wohl waren sie gierig aufeinander, enthemmt, wollten eins sein in dieser Zeit äußerster Not und Gefahr.

Die Erzählungen und Berichte meiner Eltern beginnen mit meiner Geburt. Als hätte es ein Davor nicht gegeben. Fragen auch des erwachsenen Mannes wurden mit kurzen Bemerkungen abgewehrt. Ob und was die Beiden sich gedacht haben, als sie mich zeugten, hineingeboren wurde ich in eine Zeit, deren wirtschaftlichen und politischen Probleme ich nicht oder erst in der Rückschau bemerkte. Nie litt ich Hunger, die Mängel waren anderer Art. Aber ich durfte in der Zeit leben, die Deutschland den längsten zusammenhängenden Frieden in seiner Geschichte bescherte und einen wirtschaftlichen Aufschwung, der uns Kindern das Leben unendlich viel leichter machte, als es die Eltern je hatten.

Ich, Regina Gay, frage, ob es mich geprägt hat, dass meine Wiege auf einem Gut in Pommern stand? Hier drehte sich alles um Tiere und Acker, um den Lauf des Jahres mit Saat und Ernte mit Hitze und Frost. Bevor ich es wahrnehmen konnte, hat es sich in mir eingenistet. Diese Liebe zum Land, zu den Tieren, zur Natur. Das Staunen über Wachsen und Werden gehörte dazu. Frei bei aller Verantwortung waren meine Eltern. Verpflichtet der Tradition, den Menschen, der Gemeinschaft und dem Hof.

Meine Taufe im Sommer 1944, schon im Nachbardorf wegen des Krieges. Dennoch geschmückt mit Röschen. Gab es oft dieses dennoch? Trotz des Krieges wurde weiter gelebt, geliebt und gelitten. Vielleicht drohte schon der Abschied, aber noch war die Hoffnung stärker. Normales Gleichmaß. Gab es das noch? Die Entscheidung zur Flucht fiel im Frühjahr 1945. Auf dem Pferdewagen nur Frauen und Kinder. Kommt daher mein Traum „die Russen kommen"? Wie oft werde ich diese Worte gehört haben? Voller Angst, eine ständige Bedrohung.

Dann in Schleswig Holstein waren wir Fremdlinge. Wen interessierte in dieser Zeit die Vergangenheit dieser Menschen? Sie waren Eindringlinge in dem gewohnten Verband der örtlichen Struktur. Neue Sitten brachten sie mit. Manchmal auch andere Dialekte. Meine Mutter rollte das R, für uns so herrlich. Waren nun die Flüchtlinge schon Verbündete, weil ein ähnliches Schicksal sie

9

gebeutelt hatte? Heimatvertrieben, welch ein Wort. Die Heimat aus der man vertrieben ist, bleibt ein Paradies. Wussten das die anderen? Welten stießen aufeinander bei den Erwachsenen. Das Miteinander erforderte viel, manchmal zu viel.

Glücklich, die kleineren Kinder, ich. Kind, wie die anderen auch. Ich wuchs hinein in die Welt des Hofes in Holstein. Hinein in ein übervolles Haus mit unzähligen Menschen und festen Regeln. Unsere Familie hatte ihre eigenen Gesetze. Immer noch. Die Achtung vor den anderen, die Liebe zur Natur und das Festhalten am Glauben, bei allem Unglaublichen. Der Gesang prägte uns, so wie er auch meine Eltern mit neuen Freunden verband.

Wieder Landwirtschaft um mich. Felder und Tiere, Wiesen und Wälder. Ställe mit eigenem Geruch und besonderen Menschen. Die Melker und die Melkfrauen waren anders, als die Gespannführer. Im Kuhstall war es lauter, als bei den Pferden. Am schönsten war es im Schafstall. Schluckte die Wolle jeden Ton? Gemütlich war es dort. Warm, auch im kältesten Winter, wenn schon die ersten Lämmer kamen.

Das Leben auf dem Hof prägte unseren Tagesablauf. Wann entstanden die ersten Erinnerungen? Was war Erlebtes und was Erzähltes? Unsere kleine Wohnung. Sicher sehr einfach, fast primitiv. Man wusste sich zu helfen. Jeder konnte etwas und Vieles wurde geteilt.

Geschrubbt wurden wir in der Waschküche in einer Zinkwanne bis der Dampf in Rinnsalen von den

Fensterscheiben lief. Hier kochten die Familien ihre Wäsche, hier wurden Würste gekocht und auch das Sirup machen fand hier statt.

Kartoffelmehl trocknete in der Sonne, nachdem es mühsam aus den geriebenen Kartoffeln gewonnen wurde.

Unser Garten war Lichtjahre vom Haus entfernt. Nicht als Hobby, sondern um die Ernährung sicher zu stellen: jeder Meter wurde genutzt - ausgenutzt: Selbstversorger waren wir weitestgehend. Apfelbäume am Straßenrand wurden gemietet. Im Sommer wurde stets Obst oder Gemüse geschält, gepalt, geputzt und dann eingemacht. Gerüche segelten durch das Haus. Zum Himbeerpflücken zogen wir mit kleinen Blechkannen in den Wald. Die Beeren nie ohne Maden, wir nie ohne Holzböcke.

Diese Aktionen machten wir mit unserer Mutter. Da gab es viel Zeit für Gespräche, für Erzählungen und Erklärungen und wir kamen heim mit dem stolzen Gefühl des Beutemachens. Besonders war das auch im Herbst. Wenn die Kartoffelfelder abgeerntet worden waren, dann durften alle nachstoppeln. Also zogen wir mit vielen Säcken los, um alle Kartoffeln aufzusammeln, die noch auf dem Feld lagen. Dann wartete man am Straßenrand, um die Kostbarkeit gemeinsam nach Hause zu bugsieren.

In einem Biographiekursus, nun auch bereits im fortgeschrittenen Alter, beschäftigen wir uns mit unserer Kindheit in der Nachkriegszeit. Was haben wir erfahren, erlebt und wie hat es uns geprägt? Darüber hinaus wird in den Berichten, Erzählungen und Geschichten von Jürgen Baasch, Regina Gay, Christa Heeschen, Karin Müller-Wichards und Heinz Zemke eine verlorengegangene Welt für Kinder und Enkel lebendig und nachvollziehbar.

Kohldampf und fette Tage

Das Buffet war exquisit. Suppe, kalte und warme Speisen, Fleisch in allen Variationen, traumhafte Salate und Nachtisch zum Sündigen. Es herrschte ein Gedränge zum Abgewöhnen. Sind die Leute wirklich so hungrig? Haben sie Angst, nicht genügend abzukriegen? Voll beladene Teller, und dann wird nicht aufgegessen. Da sträuben sich mir die Nackenhaare.
Unwillkürlich fallen mir die Jahre nach dem 2. Weltkrieg ein. Lebensmittel waren knapp. Die Zuteilung erfolgte auf Marken. Zum Sattwerden zu

wenig. Manchen Tag zog ich mit knurrendem Magen zur Schule. In einem Leinenbeutel trug ich die Blechschüssel, denn es gab „Schulspeisung". Zunächst nur für besonders Bedürftige, dazu gehörte ich nicht. Ich war nicht unterernährt genug. Später erhielten alle die Kekssuppe oder süße und salzige Sojasuppe. Nicht gerade abwechslungs-reich, aber immerhin eine „warme Mahlzeit". Irgendwann hörte das auf, der Hunger blieb und die Lebensmittelknappheit auch. Schwarzmarkt und Tauschgeschäfte blühten. Essbares wurde zu horrenden Preisen gehandelt. Häufiger wurde getauscht: Zigaretten gegen Butter und Milch, Textilien für einen Sack Kartoffeln, etwas aus dem Familienbesitz für ein Stück Fleisch. Wohl dem, der etwas zum Tauschen hatte.

Gab es irgendwo Sonderzuteilungen war langes Schlange stehen angesagt. Ein eigener Garten erwies sich als Riesenvorteil. Wer Freunde auf dem Lande hatte, durfte für Hilfe auf dem Hof auf Entlohnung in Naturalien hoffen. Es wurde nicht nur gehamstert, sondern auch geklaut. In der Not war sich jeder selbst der Nächste.

Nach den Hungerjahren dann endlich der Aufschwung, das Wirtschaftswunder. Und nach all den Entbehrungen die Wohltat, endlich wieder satt zu werden.

C.H.

Was auf den Tisch kommt, wird gegessen

Diesen Satz je bei uns zu Hause gehört zu haben erinnere ich mich nicht, aber genau so war es. Da gab es keinen Gedanken an Herummäkeln oder den schnellen Griff zum Kühlschrank, um die Mahlzeit durch irgendein köstliches Joghurt zu ersetzen. Es gab weder einen Kühlschrank noch Joghurt.

Wir ernährten uns vorwiegend von dem, was wir im Garten anbauten und schon dadurch entstand ein besonderes Verhältnis zu den Nahrungsmitteln.
Möhren und Rote Beete wurden im Sand aufbewahrt, so waren sie weit bis in den Winter hinein essbar. Kartoffeln, sie waren das Grundnahrungsmittel Nummer eins, wurden eingekellert. Aus ihnen wurde Kartoffelmehl hergestellt, das dann für Speisen und Kuchen, aber auch zum Stärken der Tischwäsche benutzt wurde. Vom Feld kam eine weitere wichtige Frucht, die Zuckerrübe, und lange klebrige, wie auch mühsame Nächte waren vorausgegangen, bevor wir uns den köstlichen Sirup auf das Brot streichen konnten. Wir liebten es besonders Sirup auf Schmalzbrot zu streichen. Dann konnte man herrlich marmorierte Muster auf die Brotscheiben zaubern und sie immer wieder verändern. Das musste möglichst unbeobachtet geschehen, denn das hatten wir schon gelernt: mit dem Essen spielt man nicht. Weil auf größte Sparsamkeit beim Streichen der Brote

geachtet wurde, liebten wir Quarkbrot so, denn der durfte ganz dick auf das Brot gebettet werden. Welch ein Luxus!

Verpönt war es, die gelöcherte Seite vom Knäckebrot zu bestreichen, denn dann verschwand der Belag in den Löchern. Also ging alles sehr bescheiden zu. Das war das Gebot dieser Zeit.

Und welch eine Kostbarkeit waren die Süßigkeiten. Täglich wurde uns der übelschmeckende Lebertran verabreicht, dem alltags ein kleines Stück Schwarzbrot zum Erholen der Geschmacksnerven folgte und sonntags als Krönung ein winziges Stück Schokolade. Ein Traum.

Der Luxus meiner Mutter war ein kleines Stück Schokolade zu einer Tasse Kaffee. Wir hatten bald herausgefunden, dass sie in ihrem Nachttisch ein kleines Kästchen mit winzigen Schokoladenstückchen verbarg. Ein Stibitzen hier blieb nicht unbemerkt, denn die Menge war zu übersichtlich.

Grau war die süße, besonders wohlschmeckende Paste, die meine Mutter von irgendwoher geschenkt bekommen hatte. Halva ist eine russische Spezialität aus Mandeln und Butter, deren Namen uns unaussprechlich erschien. Als wir endlich Chalvaa sagen konnten, war diese Dose auch schon leer. In Riga habe ich als Erwachsene wieder Halva gegessen mit all meiner Halvaerinnerung im Kopf.

Aber es war nicht alles süß, was scheinbar so aussah. Einmal waren unsere Eltern nicht da, als

wir in unseren Nachthemden in ihrem winzigen Schlafzimmer herumturnten und auf ihrem Medizinschränkchen eine Cellophanpackung mit Brezeln entdeckten. Dicke Zuckerkörnchen, die es zu etwas sehr Begehrtem machten, klebten da auf dem Gebäck. Alles hin und herüberlegen half nichts, die Gier ließ nicht nach, wir mussten an die Brezeln kommen. Also ganz vorsichtig das Cellophan geöffnet, und jeder durfte in die erste Brezel beißen. Wie war das Entsetzen groß. Wie salzig kann Salz schmecken, wenn man Zucker erwartet. Für so ein salziges Gebäck hatten wir uns auf verbotenes Terrain gewagt. Wir wussten nicht, dass man Gebäck mit Salz bestreut. Wie widersinnig! Nun hatten wir ein schlechtes Gewissen und noch nicht einmal den erhofften Genuss. Sehnten wir uns so sehr nach Süßem?
Mein Bruder bekam auf die Frage, was schlechtes Gewissen sei von unserem Vater die Antwort: Wenn du an die Zuckerdose gehst und Mutti kommt herein, was du dann fühlst, das ist das schlechte Gewissen.

R.G.

Wie viel denn?

Mutti wünscht sich ein Staudenbeet – so eines, wie sie neulich auf der Wanderung entdeckt hat. Vater braucht dringend ein Spargelbeet. Alle Kinder sind im Einsatz: Jasper, Detlev, Hanna, Armin, Karin.
Die kleine Karin steht gerade in der Küche und hört die Mutter rufen:
„Karin, kannst du mal die Suppe nachsalzen?"
„Wie viel denn?"
„Zwei bis drei Löffel!"
Karin misst den Riesentopf voll Kohl mit den Augen: ‚Nicht zu viel und nicht zu wenig! ' und nimmt lieber drei Löffel. Alle kommen hungrig aus dem Garten.
„Bitte zu Tisch!" „Aber Karin! Wie viel Salz hast du denn genommen?" „Wie du gesagt hast: Zwei bis drei Löffel. Esslöffel." „Aber ich meinte doch Teelöffel!"
„Schnell noch rohe Kartoffeln hinein schneiden. Die binden Salz. Vielleicht noch mit Wasser verdünnen?"
Half aber alles nicht. Ob die Suppe noch ausgelöffelt wurde in der knappen Zeit?
Mir bleibt nur die Erinnerung an die vermurkste Stimmung. Heute habe ich leckere Kartoffelsuppe gekocht. Für Tinas Umzug.
Kohlsuppe mit Kümmel? Igitt!

K.H.

Schlachtfest

Die Tür knarrte leise. Ich hielt den Atem an. Stille.
Mit dem ganzen Gewicht meiner zehn Jahre
stemmte ich mich wieder gegen die schwere weiße
Eichentür. Das Schlafzimmer der Großeltern war
tabu. An diesem einen Tag im Jahr wagten wir uns
hinein. Weil alle anderen draußen waren. Beim
Schlachten. Ich hörte den Atem meiner Schwester
hinter mir, als ich auf Zehenspitzen am massiven
Bett vorbei zum Fenster schlich. Da durchschnitt ein
schriller Schrei die Stille. Ich hob den Kopf über das
Fensterbrett und blickte durch die dicke Gardine.
Das Schwein lag auf der Seite und schrie. Von der
uns abgewandten Seite trat der Schlachter heran
und durchtrennte die Halsschlagader. In einem
dicken Strom schoss Blut in eine Schüssel, die Oma
unterhielt. Das Schwein zuckte nur noch, schrie
nicht mehr. Jetzt durften wir hinaus. Fast lief ich
meine Schwester um, damit ich schnell auf dem
Schlachtplatz im Hühnerhagen war. Dann kam es
zur Karambolage. Ich flitzte so schnell um die Ecke,
dass ich gegen Opa prallte, der zwei Eimer mit
heißem Wasser schleppte. Einen Eimer ließ er
fallen. Ein wenig Wasser spritzte auf meine nackten
Beine. Aber ich biss die Zähne zusammen. Jetzt
galt es, beim Schlachten dabei zu sein und nicht in
irgendeinem Zimmer verarztet zu werden. Opa
schimpfte, aber ich war schon weiter. Auf einem
Tisch lagen allerlei Gerätschaften, die zum

Schlachten gebraucht wurden. Ich schnappte mir einen der Metallschaber, mit denen das Schwein rasiert werden sollte. Die Männer wuchteten das schwere Tier in einen großen hölzernen Trog. Den musste sich immer ausleihen, wer mit dem Schlachten dran war. Deshalb wussten immer alle Nachbarn, wann sie wohin auf „Swienskiek" gehen mussten. Oma musste mit ihrer Blutschüssel beiseite treten. Sie trug die Schüssel mit bis zu den Ellenbogen blutverschmierten Armen auf den Tisch und rührte unermüdlich weiter in dem warmen Blut. Es sollten sich keine Klumpen bilden. Die Männer übergossen das Schwein mit heißem Wasser. Die so eingeweichten Borsten wurden mit den kegelförmigen Schabern abgeschabt. Dabei durfte ich helfen, was ich mit Eifer tat. Waren keine Borsten mehr zu finden, wurde das Schwein auf eine Leiter gehievt, die dann auf den Trog gelegt wurde. Eine Säuberung mit viel klarem Brunnenwasser folgte. Fachmännisch arbeitete der Schlachter einige Stellen mit dem scharfen Messer nach. Dann befestigte er die Hinterbeine mit Stricken an der Leiter. Es war gut, wenn nun bereits einige Nachbarn zum „Swienskiek" eingetroffen waren. Denn jetzt wurde die Leiter mit dem schweren Tier darauf ums Haus herum getragen und neben der Küchentür gegen die Hauswand gestellt. Der Schlachter hatte sein Werkzeug, mehrere scharfe Messer und einen Wetzstahl, mitgebracht. Er schlitzte das Schwein vom Schwanz bis zum Hals auf. Zwei Männer fingen die herausquellenden Eingeweide in einer flachen

Wanne auf. Herz, Leber und Lunge wurden an der Seite an die Leiter gebunden. Ausgenommen und auseinandergeklappt musste das Schwein nun auskühlen. Inzwischen war auch der Fleischbeschauer eingetroffen. Es wurde der erste Köm eingeschenkt. Die Erwachsenen gingen in die Küche, um sich Kaffee und Kuchen schmecken zu lassen. Ich bekam ein Stück Kuchen nach draußen. Denn ich hatte eine wichtige Aufgabe. Ich musste das Schwein bewachen, insbesondere Übergriffe unseres Hundes Lumpi und seiner Artgenossen abwehren.
Nachdem der Fleischbeschauer, ein entfernter Verwandter, zu dem ich Onkel Herrmann sagte, das Tier mit wichtigem Gesichtsausdruck freigegeben hatte, wurde das Tier zerlegt. Stück für Stück

verschwand das Schwein in der Küche. Dort herrschte umtriebige Geschäftigkeit. Die Därme wurden in Alaunwasser gespült, eine Tätigkeit, auf die sich eine Tante spezialisiert hatte. In verschiedenen Töpfen kochten und glumsten die verschiedensten Fleischteile. Zu probieren gab es Mettwurst- und Leberwurstmasse. Immer und immer wieder wurde die Mettwurst durchgeknetet und musste dann auch erneut abgeschmeckt werden. Bei uns Kindern war die süße Grützwurst mit Rosinen beliebt. Die Wurstmasse wurde dann in die gereinigten Därme gepresst. Dabei ging oft etwas daneben. Schinken und Speckseiten pökelte Opa in einem großen Holzbottich ein. Das war Chefaufgabe. Die wertvollen Schinken durften beim Räuchern ja keinesfalls verderben. Ein Augenmerk hatte ich auf den Flomen. Sie wurden ausgelassen, das Schmalz in irdenen Töpfen aufbewahrt. Einige Grieben wurden mit Apfelstücken versehen, ein Genuss für uns Kinder. Aber einige Stücke vom Flomen rettete ich. Das sollten die Vögel haben. Ich hängte die Flomenstücke in den Bäumen im Garten auf. Die Schweinsblase war ein weiteres Objekt meiner Aufmerksamkeit. Einige der „Swienskieker" empfahlen immer mal wieder, sie zu reinigen und mit Presskopf zu füllen. Presskopf meinetwegen, aber nicht in meiner Schweinsblase. Die wurde sauber zum Trocknen aufgehängt. Daraus machte Vater mir zu Sylvester einen Rummelpott.

Auch am nächsten Tag wurde noch Wurst gekocht und Fleisch zerkleinert. Jetzt waren nicht mehr so viele Zuschauer anwesend, und so durfte ich oft den Fleischwolf drehen. Manchmal wurden auch neue Rezepte probiert, ins Programm aufgenommen oder verworfen. Im Prinzip blieb aber alles beim Alten. Der dritte Tag war der Saubemach-Tag. Alles war ausgebraten, verwurstet, eingeweckt oder sonst wie haltbar gemacht. Jetzt galt es, sich zu verdrücken. Sonst hieß es Töpfe schrubben, putzen und polieren, bis die Küche wieder blitzblank funkelte. Das war bis zum Nachmittag erledigt, und dann gab es in der guten Stube Kaffee und Kuchen. Manchmal, wenn mein Cousin kam, durfte ich auch ein Weißbrot vom Kaufmann holen. Frisch geschnitten, mit Butter bestrichen, darauf eine dicke Schicht Zucker gestreut und als Krönung einige Tropfen Bohnenkaffee von den Erwachsenen. Heute glaube ich, wir bekamen das Zuckerbrot, weil die Erwachsenen Kuchen sparen wollten. Aber für uns war es ein Hochgenuss. Wie das ganze Schlachtfest.

J.B.

Mein Bratkartoffelverhältnis

Ein Verhältnis führt ja oft zur Trennung oder zum Zerwürfnis zwischen Eheleuten und anderen Lebensgemeinschaften. Nicht so bei mir!
Ein Lieblingsessen in der Nachkriegszeit waren Bratkartoffeln – frisch aus der Pfanne. Für mich aber bitte ohne Zwiebeln.
Wenn ich nachmittags gegen zwei Uhr aus Kiel mit dem Fahrrad von der Schule erschöpft zu Hause ankam, lagen dreizehn Kilometer hinter mir. Speziell in der Erntezeit fand ich dann einen Zettel vor, auf dem stand:
„Heinz, Essen ist im Bett. Komm bitte aufs Feld."
Und dann folgte der Name des Bauern, bei dem meine Mutter arbeitete: Holst, Jensen, Berg, Matthiessen und wie sie so alle hießen. Kartoffeln stoppeln, Ähren sammeln oder Rüben verziehen war angesagt. Warm gehalten wurde das Essen mit einem aufgeheizten Ziegelstein. Wie ich diese Zettel hasste. Zu gern hätte ich ein wenig mehr Freizeit gehabt. Anmerken ließ ich mir aber nichts. Aus finanziellen Gründen musste das so sein. Schularbeiten musste ich dann gegen Abend natürlich auch noch machen. Aber zum Trost gab es mein Bratkartoffelverhältnis.
Unsere Küche auf Gut Annenhof war so groß, dass sich wochentags das gesamte Familienleben in ihr abspielte.

Auf dem Annenhof wurden die köstlichen Bratkartoffeln zubereitet

Mein Bruder und ich hatten sogar ein Etagenbett in der Küche. In einer Ecke stand die Hexe, auf der die schönsten Dinge gebrutzelt wurden. Neben dem Kochherd erledigte ich meine Schularbeiten. Oft war ich nicht vor 19 Uhr fertig. Nebenbei genoss ich dann mein Bratkartoffelverhältnis, denn es gab bei ihm die besten Bratkartoffeln, schmackhaft und unvergleichlich. Auf eines legte ich jedoch besonderen Wert, und das ist bis zum heutigen Tage so geblieben: Zwiebeln haben in Bratkartoffeln nichts zu suchen. Überhaupt gehört dieses Gemüse verboten. Wenn „Muttern" die große Pfanne Bratkartoffeln zubereitete, musste sie immer ein Viertel des Gerichtes für mich ohne Zwiebeln zubereiten. Denn ich hasse Zwiebeln und werde mich nie an dieses merkwürdige Gemüse gewöhnen.

Naturgemäß war ich als kleiner Steppke auch gelegentlich ungezogen, frech, voller Abenteuerlust und manchmal auch vom Hunger geplagt. Hin und wieder ging ich dann auf Klautour. Äpfel, Erdbeeren und sonstige schmackhafte Dinge wie Weintrauben waren dann die Beute. Regina, die Kollegin im Biographiekurs, kann sicher bestätigen, wie lecker die Weintrauben an ihrem Gutshaus heute noch sind.

Ein Höhepunkt des Jahres war für mich immer das Schlachtfest. Da wir zwei Schweine mästen konnten, wurde in jedem Jahr eine Sau geschlachtet. Die Schlachtung nahm Hausschlachter Voß aus Blumenthal vor – ein Kerl wie ein Baum mit Händen groß wie Klosettdeckel. Wenn er kam, war Kampfstimmung angesagt. Meine Eltern, mein Bruder und ich hatten alle Hände voll zu tun, das Tier zu bändigen. Es gebärdete sich, als ob es ahnte, was auf es zukam. Aber die Kopfpartie musste ruhig gehalten werden, denn das Tier wurde von Schlachter Voß durch Schläge mit dem Vorschlaghammer betäubt. Dann wurde das Schwein abgestochen. Aber minutenlang zappelten noch Extremitäten des Tieres, bis endlich Ruhe war. Die Art des Tötens war nicht angenehm, aber wie sollte man dem großen Tier sonst den Garaus machen? Jahre später hatte sich Schlachter Voß ein Bolzenschussgerät zugelegt. Das führte zu weniger Stress beim Tier und auch bei den

Menschen. Obwohl ich den Begriff „Hungern" nicht kannte, war das Schlachtfest doch immer etwas Besonderes. Tage- ja wochenlang gab es üppige Fleischportionen wie Schwarzsauer, Frikadellen, Grützwurst, Koteletts und andere schmackhafte Dinge.

Einmal in der Woche kam der Lebensmittelhändler Graap mit seinem Verkaufswagen in unser Dorf. Er hielt direkt vor der Haustür. Es gab nichts, was der Händler nicht in seinem Angebot hatte. Mehl, Zucker, Salz, Butter, Gewürze, Backzutaten, einfach alles, was man in der Küche brauchte. Auch Nähgarn, Stricknadeln und andere Kurzwaren bot er an. Natürlich fielen bei dem wöchentlichen Einkaufstag im Wagen von Herrn Graap auch immer einige Süßigkeiten für uns Kinder ab.

Mit lautem Gebimmel kündigte sich in der warmen Jahreszeit ein Mann an, den wir Kinder anhimmelten. Es war der Eismann. Er kam ein bis zwei Mal im Monat mit dem Fahrrad und einem kleinen Kühlanhänger, um unsere Herzen und Gaumen zu erfreuen. ZEHN Pfennige kostete eine leckere Kugel Eis.

Krähen haben die Angewohnheit, sich in den höchsten Spitzen großer Bäume niederzulassen, um sicher vor Raubzeug ihre Nester bauen und die Jungen groß ziehen zu können. Mit uns aber rechneten sie nicht. Ich erinnere mich, als wäre es gestern gewesen. Mit selbst gebauten Katapulten versuchten wir zunächst, die Nester vom Boden aus zu zerstören. Die Jungen sollten aus ihren Nestern fallen. Wir wollten sie braten und essen. Aber das Schießen war vergebens, zu hoch hatten die Krähen ihre Nester gebaut und Astwerk verwehrte den klaren Schuss. So kletterten wir mutig und furchtlos bis in die Baumgipfel und nahmen die Jungen aus dem Gelege. Einige der noch nicht flüggen Jungkrähen kletterten in Panik über den Rand der Nester und fielen zu Boden, wo wir sie dann einsammelten. Uns Kindern ist bei den Kletterpartien, die ich heute als lebensgefährlich einschätzen würde, glücklicherweise nie etwas passiert. Die Jungvögel wurden geschlachtet, gerupft und gebraten. Für uns war das eine Delikatesse.

Eines aber darf ich nicht vergessen: Mein Onkel Gustav, der gegenüber wohnte, hatte auf seinem kleinen Bauernhof einen wunderschönen Obstgarten mit allen möglichen Äpfeln, Birnen, Pflaumen und sonstigen Früchten. Im Herbst wurde von dieser Vielfalt immer ein Rumtopf angesetzt, und je nach Reife wanderten Früchte in den Topf und wurden mit Rum überdeckt. Irgendwann war es dann soweit. Der Rumtopf wurde für reif erklärt und musste probiert werden. Onkel Gustav ernannte mich in einem Jahr, ich war wohl 13 oder 14 Jahre alt, zum Vorkoster. Das hätte er besser bleiben lassen sollen. An dem Probierabend sah ich die Welt mit einer rosaroten Brille – oder waren es zwei Brillen? Mein Magen sagte „Tschüß" zu dem ganzen Früchterumtopfzeug – und raus…
H.Z.

Der Zwiebelschreck

In meiner Geschichte vom „Bratkartoffelverhältnis" habe ich mein gestörtes Verhältnis zu der Zwiebel erläutert. Nun erhielt ich eines Tages von den Eltern den Auftrag, in unserem Kleingarten Zwiebeln zu pflanzen.

Mir wurde ohne besondere Erklärungen eine Tüte mit Pflanzzwiebeln in die Hand gedrückt. Die sollte ich pflanzen. Nur eines wusste ich, die von mir ungeliebten Dinger mussten in die Erde. Eine dafür vorgesehene Stelle im Garten zeigte Mutter mir. Obwohl ich die häusliche Gartenarbeit als Kind immer gehasst habe, machte ich mich ebenso missmutig wie pflichtschuldig ans Werk. Viel lieber wäre ich bei einem Bauern in der Nachbarschaft tätig gewesen, denn da gab es immer ein paar Mark zu verdienen.

Nach drei Wochen wunderten wir uns, dass auf dem bepflanzten Beet absolut nichts zu sehen war.

Ein Rätsel!

Waren die Knollen zu alt oder verrottet gewesen? Ein Blick in den Nachbargarten machte mich völlig unsicher! Die dort zur gleichen Zeit gepflanzten Zwiebelknollen hatten sich prächtig entwickelt und streckten schon einige Zentimeter frisches Grün gen Himmel. Was hatte ich bloß falsch gemacht?

Die Sache wurde mir zu bunt, und ich buddelte einige Zwiebeln aus. Zu meiner großen Überraschung stellte ich fest, dass ich die Knöllchen verkehrt herum eingebuddelt hatte.

Es dauerte nur einige Zeit, bis sich die Triebe der Zwiebeln erst ein wenig nach unten entwickelten, um dann irgendwann an die Erdoberfläche zu gelangen.
So konnten wir erst vier Wochen später die wunderbaren frischen Zwiebeln ernten. Bei meiner Zwiebelaversion könnte man meinen, dass ich diese Aktion mit Absicht geplant hatte, aber das stimmte nicht. Es war wirklich ein Versehen.

H.Z.

Eierlikör

Schnaps stand bei Festen immer auf dem Tisch. Klarer Schnaps. Woher der kam, weiß ich nicht. Einmal im Jahr aber wurde Eierlikör angesetzt. So, dass er zu Mutters Geburtstag trinkfertig war. Einmal wäre das fast schief gegangen. Schon die Produktion des Eierlikörs war eine großartige Schau. Unzählige Eigelb wurden in einer großen Schüssel schaumig geschlagen. Von dem Eiweiß gab es „Spanischen Wind". Nach und nach kam Zucker zum Eigelb, und dann noch andere Zutaten, die ich nicht mehr erinnere. Der große Moment war, wenn Vater den Alkohol langsam in die schaumige zuckersüße Masse fließen ließ, während Mutter mit dem Schneebesen weiter rührte. Jetzt roch die Küche nach Alkohol. Noch einmal wurde kräftig durchgerührt, und dann kam der junge Eierlikör in einen großen irdenen Topf. Im Keller sollte er jetzt einige Tage ruhen, um dann auf Flaschen abgefüllt zu werden. Hierbei bildete sich auf dem Likör eine feste Schicht. Diese verhinderte auch, dass ich unbemerkt von dem Likör naschen konnte, obwohl der Topf nur mit einem aufgelegten Teller verschlossen war. In einem Jahr ergab sich aber eine neue Möglichkeit. Ein Onkel hatte Getränke mitgebracht, und wir Kinder bekamen Strohhalme zum Trinken. Dieser Strohhalm erwies sich als das geeignete Instrument, um an den Eierlikör zu kommen. Ich musste auf einen Stuhl klettern, um über den in einem Regal stehenden Steinguttopf zu kommen. Am Rand durchstach ich die Deckschicht und konnte nun probieren. Süß, aber auch stark war der Likör. Ich trank einige Schlucke. Dann versteckte ich den Strohhalm, um das Ganze in einem unbeaufsichtigten Moment am nächsten Tag zu wiederholen. Jetzt weihte ich auch meine Schwester ein, die sich kichernd traute, auch etwas zu trinken. Wir mussten den Halm nach einigen Tagen bereits ein wenig tiefer in den Topf stecken, und auch das Loch franste aus. Aber als meine Eltern eines Nachmittags in der Nachbarschaft einen Besuch abstatteten und wir völlig freie Fahrt hatten, wurde die Katastrophe offensichtlich. Jetzt machte ich im Keller Licht an, und wir sahen die Bescherung. Wie Hohleis hatte sich die Deckschicht nach unten gewölbt; an den Seiten klebte die Masse zwar noch, aber es schien eine Frage der Zeit, wann sie nachrutschte. So konnte das keinesfalls unbemerkt bleiben. Wir trauten uns nicht, noch etwas zu trinken. „Auffüllen" war mein erster Gedanke. Aber wie. Wir holten eine Kaffeekanne voll Wasser. Aber das Wasser floss nicht durch das Loch, sondern auf die Deckschicht. Noch verräterischer. Dann ein Geistesblitz: Die Flüssigkeit musste herein, wie sie heraus gekommen war. Und also presste ich Schluck für Schluck durch den Strohhalm und das kleine Loch, bis das Wasser das „Hohleis" anhob und die Deckschicht wieder einigermaßen gerade den Eierlikör abschloss. Jetzt war das Eierlikörklauen für diese Jahr vorbei.

Sonst waren wir immer dabei gewesen, wenn der Eierlikör einige Tage vor Mutters Geburtstag noch einmal durch gerührt und auf Flaschen abgefüllt wurde. In diesem Jahr hatten wir anderes zu tun, möglichst weit weg von dem Geschehen. Als ich spät nach Hause kam, empfing mich nicht das erwartete Donnerwetter. Meine Schwester war schon in der Wohnstube und lächelte mich verschwörerisch an. Als die erste Flasche Eierlikör nach dem Kaffeetrinken zu Mutters Geburtstag geöffnet wurde, war ich dabei. Gespannt blickte ich in die Runde, als Onkel und Tanten den ersten Schluck nahmen. Aber nichts geschah. Alle lobten strahlend unseren Eierlikör. Und Vater sagte: „Ja, es ist gut, wenn man einen Schuss mehr Sprit nimmt."

J.B.

Alles Essig

Die Gurkenernte war weitaus üppiger ausgefallen als erwartet. Für den Verbrauch in den nächsten Tagen viel zu viel, also mussten die Gurken haltbar gemacht werden. Gewürzgurken würden eine leckere Abwechslung auf unserem spärlichen Speiseplan ergeben.

In der Essigflasche befand sich nur ein kläglicher Rest. Unserem kleinen Kolonialwarenladen im Nachbardorf waren die Vorräte ausgegangen. So musste jemand mit dem Fahrrad ins vier Kilometer entfernte Fahrtoft zum nächsten Krämer. Emma, eines unserer Hausmädchen, hatte mir das Radfahren beigebracht und mich auch immer wieder ermuntert, wenn ich auf dem viel zu hohem Rad aufgeben wollte.

Nun schienen meine Fahrkünste die Lösung des Problems: Die leere Essigflasche hinten in den Korb und stolz fuhr ich aus dem Pastoratsgarten auf die Straße. Bis hinauf zum Schulplatz stieg der Weg ziemlich an. Wie immer trat ich im Stehen in die Pedalen, der Sattel war zu hoch oder meine Beine zu kurz. Mir ging die Puste aus, ich musste absteigen und das Rad bergauf schieben. Von der Schule aus ging der Weg sanft bergab, und ich kam gut voran. Wieder ein Anstieg - ich musste absteigen und schieben. Dann ging's in schrägen Kurven abwärts. Das Tempo wurde mir unheimlich. Mit dem Rücktritt wollte es nicht klappen. Also runter vom Rad und schieben. Die Angeliter

Landschaft ist bekanntlich sehr hügelig, und so bewegte sich meine Fahrt zwischen radeln auf gerader Strecke und schieben bergauf und -ab. So erreichte ich mühsam den Laden. Die Essigflasche war schnell gefüllt und bezahlt, und es ging auf den Rückweg. Das gleiche Spiel: bergauf und bergab schieben, geradeaus im Stehen treten und radeln.

Es war sehr warm. Erschöpft und schwitzend erreichte ich endlich das Pastorat, wo schon besorgt auf meine Rückkehr gewartet wurde. Die Einkaufstour hatte erheblich länger gedauert als gedacht.

Erleichtert eilte Emma mir entgegen, um den Essig in Empfang zu nehmen. Aber was war das? Das durfte doch nicht wahr sein! Die Flasche war leer, der Essig war unterwegs ausgelaufen. Alle Mühsal vergebens. Ich brach in Tränen aus. Alle tröstenden Worte und Beteuerungen dass mich keine Schuld träfe, konnten mir nicht über das beklemmende Gefühl, kläglich versagt zu haben, hinweghelfen.

C.H.

Geburtstagskaffee

Wir sitzen gemütlich beisammen. Meine Mutter feiert ihren 82ten Geburtstag.

„Karinchen, würdest du kommen zum Kaffeeeinschenken?"

„Aber natürlich Mutti, gerne. Wer kommt denn alles?"

„Na Kläschi, Dörte, Regina, Frau Friedel, Frau Rensch, die üblichen Damen vom Kränzchen und die Nachbarin".

Es ist wie immer sehr gemütlich in der Veranda. Der Tisch ist mit Kopenhagener Porzellan gedeckt. Weihnachtsstollen, Kekse, eine ‚Durstige Luise', mit Schlagsahne, Kerzen, Adventskranz- eine Fülle von Genüssen in angeregter Runde. Alle schnattern durcheinander.

„Karin hat bei mir im Laden einmal geklaut!" verkündet Kläschi in die Runde.

Plötzliches Schweigen..

Früher wäre ich puterrot geworden und vor lauter Scham im Boden versunken. Inzwischen hatte ich aber einige Seminare in Prozessorientierter Psychologie mitgemacht und wusste: Wenn einer vom Klauen anfängt gibt es mehrere solcher Geschichten im Raum.

Ja, es stimmt. Beate und ich hatten mit neun oder zehn Jahren beschlossen, dass wir uns von den nicht zu übersehenden Schätzen in Kläschis Laden unbemerkt etwas stehlen müssten. War es eine

Mutprobe? War es, weil es unbewacht schien? Jedenfalls nahmen wir etwas vom Ladentisch.

Wohin damit? In die langen Strümpfe oder untern Rock? Ich weiß noch nicht einmal mehr, was es war.

Eine Woche später wurde ich zur Rede gestellt. Die Kaufmannsfrau hatte alles bemerkt und gepetzt. Ich konnte froh sein, dass mein Vater nichts davon mitbekam. Es war auch so schlimm genug. Tränenströme der Reue, ein schlechtes Gewissen für immer. Die Anstifterin war angeblich Beate. „Niemals wieder" schwor ich.

Das war nun alles über 40 Jahre her!

„Und habt ihr denn nie etwas gestohlen, als ihr klein wart?"

„Jaa, doch, einmal habe ich in der Speisekammer genascht."

„Und ich … in der schlechten Zeit…nach dem Krieg…mein Vater war noch…"

So nach und nach hatte jede Dame der feinen Gesellschaft eine Geschichte beigesteuert, die sie lieber für immer vergessen hätte.

Ich war nicht mehr allein. Bei den weiteren Geburtstagen war Kläschi nicht mehr dabei. Peinlichkeiten kann meine Mutter nicht ausstehen. Schon gar nicht an ihrem Geburtstag.

K.H.

Ein Haus am Würmsee

Es gab einmal ein ganz einfaches Holzhaus ohne Strom und fließend Wasser, und auch die Einrichtung war alles andere als Komfortabel. Aber es gehört zu den liebsten Erinnerungen meiner Kindheit, dieses „Haus am Würmsee".

Es war das Wochenendhaus meiner Großeltern in Hannover. Allein die Tatsache, dass man ein Wochenendhaus haben konnte, war für mich schon großartig. Aber noch besser war es, wenn wir eingeladen wurden, dort einige Ferientage zu verbringen.

Wie oft habe ich später von diesen schönen Tagen geträumt und erzählt. Es muss so Anfang der 90iger Jahre gewesen sein, dass ich mit meinem Sohn Tobias nach Hannover fuhr und wir die Gelegenheit nahmen, einen Abstecher zum Würmsee zu machen. Der freudigen und gespannten Erwartung, mein Kinderparadies wiederzusehen, sollte grenzenlose Enttäuschung folgen. Das Haus war weg, stattdessen nur hässliche, schäbige Steinhäuser in wüsten, ungepflegten Gärten. Unser Weg zum See war total zugewuchert und der geliebte Würmsee zu einem überschaubaren, allerdings noch einigermaßen großen Moortümpel geschrumpft.

Dieses Wiedersehen war schon eine herbe Enttäuschung, kann aber die glücklichen Erinnerungen nicht verdrängen.

Vor dem Haus am Würmsee

Unsere Ferien begannen meist mit ein oder zwei
Tagen in Hannover, an denen mein Bruder und ich
in der Verwandtschaft herumgereicht wurden.
Waren diese ermüdenden Besuche überstanden,
waren wir selig, wenn Opa oder Onkel Walter Mutti
und uns zum Würmsee fuhr. Schon allein die
Landschaft hatte es mir angetan. Weite Flächen
sandiger Böden mit Heide- und Birkenbewuchs, und
endlich tauchten wir ein in den Kiefernwald, wo
Tante Renate uns im Wochenendhaus erwartete.
Die beiden runden Tische auf dem Rasen vor dem

Haus trugen rote Tischdecken mit großen weißen Punkten und wirkten wie Riesenfliegenpilze. Eine niedrige Birkenreihe grenzte die Rasenfläche gegen den übrigen Heidegarten ab. Wie schön, dass die Tante ein paar Erfrischungen für die Ankömmlinge bereitgestellt hatte. Die Begrüßung fiel stürmisch aus, denn Tante Renate war nicht nur meine Patentante, sondern auch meine Lieblingstante. Und auch die beiden Schwägerinnen waren sich sehr zugetan. Wir alle freuten uns auf die gemeinsame Zeit.

Ich sehe das Haus noch deutlich vor mir. Über die offene Veranda trat man in das Wohnzimmer mit den Etagenbetten, die hinter einem Vorhang verschwanden. In der Fensterecke mit Blick in den Garten und auf die Veranda standen ein Sofa, das auch zum Schlafen genutzt werden musste, ein Esstisch und drei Stühle. Über dem Tisch hing eine Petroleumlampe, die nur an besonders dunklen und regnerischen Tagen zum Einsatz kam, denn unser Leben spielte sich hauptsächlich auf der Veranda und im Garten ab. An der längeren Außenwand gab es zwei kleine Schränke für Garderobe. Durch einen Vorhang gelangte man in die winzige Küche. Dort standen ein Schrank und einen Schlafcouch. Gekocht wurde auf einer kleinen Hexe mit zwei Feuerlöchern. Unter dem Fenster waren Borde für Geschirr und Vorräte angebracht. Dann gab es noch einen kleinen Seitenanbau mit einer Pumpe. Unter einer Holzabdeckung befand sich um das Pumpenrohr ein gemauerter Schacht, der als

Speisekammer diente. Dies war der einzige kühle Platz für Milch, Butter, Käse und Aufschnitt. Außerdem fanden im Pumpenraum noch diverse Körbe, Emailleeimer und –schüsseln Platz. Bei dem Mangel an Fließwasser gestalteten sich unsere Reinigungsrituale ungewöhnlich. Zum Waschen ging es morgens und abends mit einer Emailleschüssel mit kaltem Wasser je nach Wetterlage entweder auf die Gartenbank oder die Veranda. Gebadet wurde einfach im See, auch wenn das Moorwasser hinterher mit kalten Güssen abgespült werden musste.

Für die anderen Bedürfnisse gab es draußen im hinteren Teil des Gartens ein Plumpsklo. Bei offener Tür konnte man dort emsig arbeitende rote Waldameisen beobachten, und an hellen, warmen Tagen entdeckte ich sogar manchmal eine kleine Eidechse, die sich auf dem großen Feldstein neben der Tür sonnte. Welch ein friedliches Bild! Allemal beeindruckender als unser nüchternes Stadtklo.

Für die Zubereitung unserer Mahlzeiten war es wichtig, das Feuer in der kleinen Kochhexe möglichst den ganzen Tag in Gang zu halten. Dafür brauchten wir eine Menge Brennmaterial. Grobes Feuerholz lagerte im Schuppen, aber für das Kleinholz und Kiefernzapfen zum Anzünden wurden mein Bruder und ich zum Sammeln in den Wald geschickt. Da der Wald direkt vor unserem Grundstück anfing, kamen wir immer schnell mit gefüllten Körben zurück.

Der fehlende elektrische Strom erwies sich an manchen Abenden als ein Gewinn. War es regnerisch und besonders früh dunkel, hockten wir dicht an den Tisch gedrängt unter der Petroleumlampe, spielten Karten, „Mensch ärgere dich nicht" oder lasen vor. Das schuf eine besonders intime Atmosphäre und enge Verbundenheit. Es war Sommer, abends lange hell und wir spielten draußen oder gingen auf kleine Streifzüge durch Wald und Heide. Wurde es dunkel, zogen wir uns auf die Veranda zurück, wo wir beim schwachen Schein einer Mondlaterne und eines Windlichtes sangen oder Ratespiele machten.

Besonders interessant wurde es, wenn Onkel Walter, Papas Bruder, übers Wochenende bleiben konnte. Er wusste viel über Mond und Sterne zu erzählen und zeigte uns so manches Sternbild. Überhaupt war es unser höchstes Glück, wenn er Zeit für uns Kinder und sich ganz auf uns eingestellt hatte. Er tobte mit uns im Garten, wir kletterten auf Bäume, sammelten Holz und Tannenzapfen, suchten Pilze und Beeren. Am aufregendsten fanden wir es, wenn es hieß: „Auf zum Schlangenpfuhl zum Baden!" Das war ein kleiner, eiskalter See ziemlich tief im Wald, und wirkte ein wenig unheimlich. Aber wir hatten ja unseren großen Beschützer dabei und genossen die prickelnde Abkühlung. Einmal bauten wir aus den herangeschleppten Stämmen ein Floß, mit dem wir auf unserem Würmsee in Ufernähe herum staken konnten. Weitere Ausflüge über den See wurden wegen unserer dürftigen Schwimmkünste leider nicht erlaubt.

Das alles ist nun fast 70 Jahre her. Aber die Erinnerung an unser Würmseehaus ist noch immer lebendig. Gäbe es doch eine solche Idylle noch! Ich würde sie meinen Enkelkindern wünschen.

C.H.

Kongotauben

„Kongotauben" – dieses Wort lernte ich erst jetzt kennen. Meine „Kongotauben" fielen vom Himmel, also aus den Nestern im Krähenwäldchen auf dem Flotthof in Brokenlande. Und das ist über 50 Jahre her. Der Flotthof ist eng mit meiner Kindheit und meinem Vater verbunden. Ich war 10 Jahre alt und wurde von meinem Vater gebraucht: Zum Beispiel zur Fährtenlegung für das Training seiner Jagdhunde oder im Winter zur Treibjagd. Und im Mai zur Krähenjagd: Krah, Krah, Krah, Krah klang es überall über unseren Köpfen. Krah! Krah! Krah! Und das wurde vom Himmel geholt, das Krah! Unerbittlich. Auch die Jungen. Aus den Nestern. Peng! Mein Vater: „Das darfst du auf keinen Fall irgendeinem erzählen!" Dann nahm er eine halbtote Krähe an den Füßen und schlug ihren Kopf mit Schwung gegen den nächsten Buchenstamm. Jetzt war ich mit meinem Vater konspirativ verbunden. Ich war Mitwisserin. Ich war ausgezeichnet!
Zu Hause gab es dann das große Krähenessen: Backbleche voller Krähen. Die erste Fuhre noch mit Beinen, das nächste Blech mit 30 oder 40 Krähenbrüsten dicht an dicht, mit durchwachsenem Speck belegt. Dazu gab es Rotkohl und Kartoffeln, weiß meine jetzt 92jährige Mutter noch. Ich erinnere nur die Legionen von Krähenbrüsten. Und mein Versprechen, niemals etwas von der Krähenjagd auszuplaudern. Aber Vater ist seit 13 Jahren tot.
K.H.

Spiele aus der Kinderzeit

Im April 2012 wurde ich 75 Jahre alt, und meine Kinder hatten unmissverständlich erklärt, dass sie der Meinung sind, dass dieser Tag besonders gefeiert werden soll. Also sagte ich mir: "Du musst dir etwas einfallen lassen". Die Überlegungen begannen. Große Feier - kleine Feier? Wen alles sollte und wollte ich einladen?

Die Entscheidung fiel zugunsten der Familie. Mit ihr allein wollte ich diesen einmaligen Tag verbringen. Nun galt es, ein passendes Programm zu gestalten. Es war mir sehr wichtig, dass gerade auch die Enkelkinder gut eingebunden waren, um Spaß zu haben.

In meine Erinnerungen vertieft tauchten nach und nach Bilder von Geburtstagen aus der Vergangenheit auf. In den ersten Jahren, an die ich mich erinnere, kamen die Kinder aus dem Mehrfamilienhaus in Kiel, in dem wir wohnten, und aus der Nachbarschaft zu meiner Geburtstagsfeier. Die fand im winzigen Garten unseres Innenhofes statt. Die Spiele, die sich anboten, waren ruhige Kreis- und Singspiele wie „Häschen in der Grube", „Ist die schwarze Köchin da?", „Wir wollen eine goldene Brücke bauen", „Es geht eine Zipfelmütz" oder „Blinde Kuh". Den Höhepunkt bildete am Ende das Topfschlagen.

Wurde im Haus gefeiert, waren Ratespiele angesagt: „Ich sehe was, was du nicht siehst",

„Stille Post", „Drei Fragen hinter der Tür", „An wen denke ich?" oder „Koffereinpacken". Als wir dann die Schule besuchten, durften wir einige Kinder aus der Klasse einladen. Damals waren Ballspiele und besonders Wettspiele sehr beliebt. Wir spielten zum Beispiel „Mutter, Mutter, wie viel darf ich?", „Umgedrehter Heringsschwanz", „Komm mit, lauf weg". Um viel Geschicklichkeit ging es beim Eierlauf, Sackhüpfen, Stelzenlauf und Dosenwerfen. Etwas später machten andere Spiele die Runde und wurden auch auf der Straße oder dem Schulhof gespielt: „Ballprobe", „Murmeln", „Hinkepott" oder „Landklauen". Nach diesem gedanklichen Ausflug in die Vergangenheit stand für mich fest: Mein 75ter wird ein „Oma-Kindergeburtstag" mit Spielen aus meiner Kinderzeit. Blieb nur die Auswahl der passenden Mischung und das Zusammensuchen des Materials.
C.H.

Einmal Königin sein!

Wie hatte ich mir das gewünscht!
Mit so einem duftigen Kleidchen, mit so feinen Schühchen, so ausgezeichnet vor allen wollte ich auch sein. In die Königskutsche steigen, geschmückt mit Blumengirlanden, von stolzen, glänzenden Pferden gezogen werden, durch das gesamte Gadeland.
Die Kapelle schmetterte, der Blumenbogenreigen formierte sich auf dem Schulhof, die Jungen auf buntgeschmückten Fahrrädern, die Kleinen mit üppigen Blumensträußen auf den geschnitzten Stöcken – bunte Bänder flattern im Sommerwind.
Die ganze Schule ist in summender Aufregung.
Tage vorher hatten wir die lange Haselnuss aus dem Knick geholt. Sie wurde in der Wanne eingeweicht, denn es sollte ja ein Bogen gespannt werden, mit Eichenlaub umwunden, mit Blüten besetzt.
Und wie soll mein Kleid aussehen? Den modischen Perlonstoff durfte ich mir nicht aussuchen, obwohl der doch am duftigsten aussah. Jedenfalls hatte ich als einzige einen echten Blütenkranz auf dem weißblonden Haar. Kornblumen. Ein dichter Kornblumenkranz, so schön.
Auf dem Sportplatz der Schule hatten die Spiele stattgefunden. Im hinteren Teil wurde mit der Armbrust auf den Vogel geschossen. In der Mitte gab es „Ringstechen" und für die kleinen Mädchen

Kegeln. Alle gaben auf ihre Weise ihr Bestes-Hoffen und Bangen lagen eng beieinander.

„Karin, Karin, du bist Königin geworden! Komm schnell, du bist Königin!" Das war ja nicht zu fassen! Ich hatte die meisten Punkte gekegelt?! Das hatte ich gar nicht gemerkt. So geschickt war ich doch gar nicht! „Du sollst zur Preisverleihung kommen! Sofort!"

War das eine Aufregung!

Nun durfte ich als erste den Klassenraum betreten, in dem all die herrlichen Preise, von gespendetem Geld gekauft, aufgebaut waren. Eine unübersehbare bunte Pracht der herrlichsten Kinderspielzeuge verwirrte die Sinne. Was sollte ich mir davon nur nehmen? Ein Federballspiel? Ein Gesellschaftsspiel? Oder dort das schöne Buch mit den feinen Geschichten?

Und dann : eine entsetzliche Enttäuschung! Der erste Preis für die Königin war eine braune Aktentasche! Eine große, braune, blöde Aktentasche. Ich sehe sie förmlich vor mir: Rehbraunes Leder, geprägt, zwei aufgesetzte Vordertaschen und dazwischen der Verschluss, so einer zum Einschnappen und Niederdrücken. Innen noch eine glatte Trennwand.

Diese Enttäuschung! Bitterkeit umwölkte mein Herz. All die anderen schönen Sachen waren für alle – nur nicht für die Königin. Und dankbar sollte ich auch noch sein. Dabei wäre es doch die Sache meiner Eltern gewesen, mir eine neue Schulmappe zu kaufen. Die aber freuten sich, dass sie diese

Ausgabe sparen konnten. So habe ich, solange ich konnte, meinen Volksschulranzen weiter getragen. Das Dumme war nur, der Atlas passte nicht hinein. Und für die immer größer werdende Anzahl von Büchern wurde er schließlich auch zu klein. Dann nahm ich die Königinnentasche und schleppte sie, bis ich sie endlich weggeben konnte.

Mit den Freuden der Königinnenwürde war das auch so eine Sache. Die Kutsche war voll besetzt. Ich durfte etwas gequetscht vorne auf dem Bock sitzen, die dicken Pferdehintern dicht vor mir. Ich habe noch den Pferdegeruch in der Nase. Hinter mir hörte ich die Blasmusik. Ihr folgte der festliche Zug mit den vielen Blumenbögen, den bunt geschmückten Fahrrädern, den Blumenstecken der kleinen Jungen und Mädchen. Nichts von all der Pracht war vor mir, alles hinter mir. Ab und zu drehte ich meinen Hals, um das festliche Bild in mich aufzunehmen, aber dann kam ich schon dem Kutscher in die Quere.

Einmal Königin sein. Jaha!

Ein paar Tage später gab es eine Überraschung." Peter Angerstein und Karin Holm beim Königstanz in Kühls Gasthof". Das Foto muss ich noch irgendwo haben, meine Mutter hatte den Zeitungsausschnitt über 50 Jahre lang aufbewahrt. Das Tanzen im Gasthof war herrlich. Von leibhaftiger Blaskapelle wurden all die Musikstücke gespielt, nach denen alle mit allen tanzten:

„Und mit den Füßen geht es trapp, trapp,
trapp
Und mit den Händen geht es klatsch, klatsch,
klatsch.
Hübsch und fein, artig sein,
Sonst kommt Mutter mit der Rute rein.
Fiderallalala, fiderallalala…"

„Ach lieber Schuster du,
besohl mir meine Schuh,
die Schuh, die sind entzwei,
der Schuster macht sie neu-
Fiderallalla, fiderallalala…

„Go von mi, goh von mi,
ik mag di nich sehn,
komm to mi, komm to mi,
ik bün so alleen.
Fiderallalala, fiderallalala…

Und dann Polonaise. Zwei Kreise gegenläufig.
Stoppt die Musik, muss mit dem getanzt werden,
der einem gegenüber steht. Oder die Mühle, zwei
gegenläufige Kreise, deren Glieder sich
abwechselnd beim Voranschreiten die Hände
geben. Und zum Schluss geben sich zwei die
Hände und wirbeln mit Fliehkraft im Kreise.
Ach, war das herrlich!
Gegessen – ja, was haben wir gegessen? Daran
kann ich mich nicht erinnern. War wohl nicht so
wichtig. Getränke? Gab es eine gelbe Limo für

mich, Sinalco womöglich? Aber auch daran habe ich keine genaue Erinnerung.

Blasmusik ist mir heute immer noch mein Liebstes, und Tänze, bei denen jeder mit jedem tanzt, also alle Volkstänze der Welt.

K.H.

Abtanzball

Der Abtanzball war der krönende Abschluss der Tanzstunden. Zu Walzer, Foxtrott, Rumba und anderen Tänzen waren Haltung und Schrittfolgen geübt, sogar Polka und Samba probiert, und diverse Unterweisungen in gutem gesellschaftlichem Benehmen hatten ebenfalls nicht gefehlt. Das alles sollte nun Eltern und Verwandten vorgeführt werden. Auch der Ablauf der Polonaise war vorher genau abgesprochen. Die jungen Damen sollten ein Kavalierstaschentuch mit eingesticktem Monogramm für ihren Herren einstecken und bekamen einen Biedermeierstrauß mit Schleife und den Initialen des Partners mit den entsprechenden Verbeugungen überreicht.
Selbstverständlich war Abendgarderobe angesagt: dunkler Anzug und lange Kleider. Damit hatten wir unsere Mühe, denn es herrschte noch die Textilknappheit der Nachkriegszeit. Mutti entdeckte unter ihren Stoffbeständen einen hellblauen, duftigen Organdy mit kleinen rosa Blüten. Unter den geschickten Händen unserer Hausschneiderin entstand aus diesem feinen, transparenten Stoff mit seinem seidigen Glanz ein Abendkleid für mich, das noch mit blauen Samtbändern verziert war. Gewiss war das Kleid recht niedlich, aber ich kam mir darin ziemlich albern vor. Für Kamm, Taschentuch, Portemonnaie und Lippenstift durfte ich Mamas hellbraunes Lederhandtäschchen ausleihen.

51

So ausstaffiert zog ich an dem Abend des Abtanzballes mit meinen Eltern los.

Während unsere Eltern an den für sie reservierten Tischen Platz nahmen, sammelten wir Tanzschüler uns vor der Musikkapelle und unseren Tanzlehrer. Das aufgeregte Geschwätz wurde von einem Tusch unterbrochen, dem Signal zur Aufstellung. Die Damen und Herren jeweils in Reihe einander gegenüber.

Da fiel mir meine Handtasche auf, die ich noch umklammert hielt. Ich lief quer über die Tanzfläche auf den Tisch meiner Eltern zu, rutschte aus und landete lang auf dem Parkett. Dummerweise sprang die Tasche auf, und der Inhalt flog in die Gegend. Hastig sammelte ich von allen beobachtet meine Utensilien zusammen und setzte meinen Weg fort. Die Situation fand ich derart komisch, dass ich prompt in Gelächter ausbrach. Mutti saß mit hochrotem Kopf auf ihrem Platz, schämte sich ihrer ungeschickten Tochter und kommentierte: „Du wirst nie eine feine Dame!"

Zum Glück verlief der weitere Abend ohne Zwischenfälle. Unsere Vorführungen klappten einigermaßen fehlerlos und wir hatten mit unseren Eltern einen vergnügten Tanzabend.

C.H.

Weihnachten

Im November kurz vor dem 1. Advent, wenn in der Familie schon vermehrt über das kommende Fest gesprochen wird, ertappe ich mich des öfteren dabei, dass ich in Kindheitserinnerungen schwelge. Die Adventszeit war beileibe nicht so hektisch wie heute. Die Spannung aber, welche Geschenke wir wohl bekommen würden, war riesig.

Ich selbst habe mir immer große Gedanken gemacht, was ich den Eltern und Geschwistern schenken sollte. Aber in Erinnerung ist mir nur ein Geschenk für meine Mutter geblieben. Viele meiner Mitschüler haben mich deshalb belächelt und wohl auch verspottet: Das Geschenk war ein Topflappen oder auch ein Schal, vielleicht einen Meter lang und selbst gestrickt.

Jawoll, ich wollte und konnte als Junge stricken, allerdings nur nach dem einfachen Muster einmal schlicht und einmal kraus. Gelegentlich versuchte ich auch, Handschuhe oder Strümpfe zu stricken. Das war mir dann aber doch zu kompliziert. Es kam nichts Vernünftiges dabei heraus.

Obwohl es für Mutter keine Überraschung war, hat sie sich immer über meine selbstgemachten Kunstwerke gefreut. Ebenso groß war die Freude meines Vaters, der in jedem Jahr von uns Kindern eine Flasche Danziger Goldwasser bekam. Diesen Likör mit den kleinen Goldblättchen darin mochte er immer sehr gerne, aber mehr als eine Flasche im Jahr war zu der Zeit nicht drin. Selbst später im

Altersheim leuchteten seine Augen, wenn er sich zu Weihnachten sein „Schnäpschen" genehmigte.

Die Vorweihnachtszeit in meiner Kindheit war immer sehr stimmungsvoll geprägt. Es wurde zu Mundharmonikamusik gesungen, gemeinsam Plätzchen gebacken und dann war – endlich – der große Tag da.

Am Heiligen Abend wurde zunächst große Wäsche gemacht. Ein Bad oder eine Dusche hatten wir damals auf Annenhof noch nicht. Ab 17 Uhr begannen die Eltern mit dem Reinigungsprozess in der Küche. Wir mussten angezogen im Vorflur warten, bis sie ihre Wäsche vollzogen hatten. Das Türschloss zur Küche war mit einem Tuch abgedeckt, so dass wir nicht sehen konnten, wie sich Mutter und Vater in der kleinen Wanne badeten. Wenn sie fertig waren, kamen wir an die Reihe und wurden gehörig abgeschrubbt. Glücklicherweise hat sich bis heute in dieser Hinsicht ja Vieles geändert.

Dann kam der große Moment. Die Eltern hatten in der Stube alles vorzüglich vorbereitet. Der Tannenbaum war mit viel Lametta und Lichterkerzen geschmückt. Der Blick aufs Sofa zeigte die Geschenke, die allerdings noch unter einem weißen Laken verborgen waren. Gemeinsam wurde „O Tannenbaum gesungen". Vater sprach noch ein Gebet, und dann wurde das Tuch von den Geschenken genommen. Das war aufregend! Nie war ich von meinen Weihnachtsgeschenken enttäuscht. Es waren oft die gleichen Dinge wie ein

Schlafanzug, das Postauto und eine Flasche Haaröl. Letzteres war besonders wichtig, war ich doch schon immer ein wenig eitel, und mit dem Öl ließ sich eine prima „Elvis Tolle" formen. Deswegen bekam ich später in der Mittelschule einmal eine kräftige Ohrfeige. Hatte ich es doch tatsächlich gewagt, während des Unterrichts meine Haare zu kämmen.

Das beste Weihnachtsgeschenk war aber immer das Postauto. Es war immer das gleiche Auto. Aber Vater, der das Fahrzeug aus Sperrholz selbst gebaut hatte, konnte mich immer wieder überraschen. Mal war das Auto gelb, mal grün oder rot und immer generalüberholt. Es war in jedem Jahr ein Geschenk, das ich sehr liebte. Eisenbahnen oder andere kostspielige Spielzeuge habe ich nicht vermisst.

Doch wenn ich ehrlich bin, das stimmt nicht ganz. Über uns wohnte eine Zeit lang die Familie Birr. Am Heiligen Abend besuchten wir Kinder uns immer gegenseitig, um die Geschenke zu bewundern. In einem Jahr lief ich weinend herunter in unsere Wohnung. Die Familie Birr war wohl finanziell besser gestellt als wir. Die Geschenke an ihre beiden Jungs Karl und Klaus waren entsprechend üppiger und erzeugten bei mir Neid. Das passierte mir aber nur ein Mal.

Leid tat mir mein Bruder Gerhard. Der hatte am 29. Dezember Geburtstag. Da wurden die Geschenke am Heiligen Abend oft mit dem Kommentar versehen, „.das ist dann für den Geburtstag gleich mit." Die Enttäuschung war ihm immer anzusehen, und tatsächlich lagen einige der Weihnachtsgeschenke an seinem Geburtstag erneut auf dem Gabentisch.

Der Tannenbaum bleibt bei uns immer bis zum 12. Januar in der Stube stehen. Das ist Vaters Geburtstag. Am 12. Januar 2012 wäre er 122 Jahre alt geworden.

H.Z.

Advent

Meine Wohnung ist festlich geschmückt: ein großer Tannenstrauß, darunter mein Engelorchester, der Adventskranz, die Weihnachtskrippe und viele Kerzen. So mach ich es, seitdem ich allein im Haus lebe. Früher, als die Kinder klein waren, war vieles anders. Und als ich selbst noch ein Kind war?
Meine Gedanken wandern zurück, damals war Krieg, es gab nicht viel. Wenn plötzlich eines Morgens im Dezember, wenn wir aufstanden, im Kinderzimmer die Puppen und Teddies fehlten, war Weihnachten nicht weit. Auf unser erstauntes Suchen hieß es: „Die wird der Weihnachtsmann geholt haben."
Wir verzichteten nur ungern auf unsere geliebten Spielgefährten, es wurde aber angedeutet, dass bei gehörigem Benehmen die Puppen und Teddies eventuell zurückkämen.
Abends nach dem „Gute Nacht sagen" wurden mein Bruder und ich ermahnt, sofort ins Bett zu gehen und nicht noch einmal nach vorn ins Wohnzimmer zu kommen. Aber natürlich lauschten wir heimlich an der Tür. Ein Surren, das konnte nur Mamas Nähmaschine sein. Sicher hatte sie eine Überraschung für uns in Arbeit. Vielleicht eine Schürze für mich oder einen Schlafanzug für Mück? Im Bett rätselten wir vor dem Einschlafen noch etwas herum, was unsere Mutter wohl nähen mochte? Außer der Geheimnistuerei deutete noch mehr auf das nahende Fest hin: verlockende Düfte

nach den begehrten Plätzchen zogen durch die Wohnung, der Schlüssel zum Büffet war abgezogen, überraschend tauchte ein Tannenbaum im Hof auf, der wenige Tage vor dem Heiligen Abend ebenso plötzlich wieder verschwunden war.

Unsere so genannte „Gute Stube" blieb verschlossen. Dummerweise war das Schlüsselloch verhängt. Die Spannung stieg.

Und dann war es soweit. Im Sonntagsstaat standen wir bei Papa am Klavier und sangen die altbekannten Weihnachtslieder. Schließlich Muttis Aufforderung: „Sieh doch mal nach, ob der Weihnachtsmann fertig ist!"

Endlich das erlösende Weihnachtsglöckchen!

Der Tannenbaum prächtig geschmückt - natürlich mit Lametta- erste vorsichtige Blicke in Richtung der Geschenke, aber zunächst die Bitte, das gelernte Gedichtchen zu sprechen, ja und dann noch ein gemeinsames Lied, selbstverständlich alle Strophen.

Dann durften wir uns unseren Geschenken zuwenden. Großer Jubel! Da waren sie wieder die Puppen und Teddies- aber wie toll hatten sie sich verändert! Marianne hatte jetzt dunkle, lange Zöpfe und ein rotes Cape, das Babypüppchen, gut aufgehoben in einem hellblauen Schlafsack, die Teddies trugen Trachtenanzüge und sogar die Kissen im Puppenwagen waren neu bezogen. Da hatten wir die Erklärung für das abendliche Nähmaschinengeratter. Beglückt feierten wir

Wiedersehen mit unseren so lang entbehrten Lieblingen.

Vielleicht gab es noch ein Spiel oder eine Mütze und passende Handschuhe? So genau erinnere ich mich nicht mehr. Aber eins ist ganz sicher, auf jeden Fall stand ein bunter Teller mit Äpfeln, Nüssen und Keksen neben unseren Gaben. Der durfte nicht fehlen!

Nach der Bescherung ein festliches Essen, danach kleine Geschichten und Spiele, bevor wir irgendwann todmüde in die Betten sanken.

C.H.

Weihnachten

Vor den Festen in meinem Elternhaus hing regelmäßig der Haussegen schief. Meine Mutter wollte jedes Fest perfekt vorbereiten, wollte alles so schön und so festlich wie nur irgend möglich machen. Da die finanziellen Verhältnisse sehr begrenzt waren, wurde von Anfang an alles selbstgemacht.

Das ganze Haus wurde umgeräumt, Tische und Stühle von überall hergeschleppt. Lange Tafeln im Ess- und Wohnzimmer gebaut. Alles war bis ins Kleinste in dem Kopf meiner Mutter geplant und jeder, der das nicht sofort begreifen konnte, oder mitmachte, geriet in Ungnade. Mundhalten und Zugreifen war angesagt. Bei so viel perfekter Planung konnte der kleinste Zwischenfall ein Chaos hervorrufen.

Einmal stand am Heilig abend der Hühnerstall unter Wasser. Also musste die ganze Familie aus der festlichen Kleidung in Arbeitskleidung und Gummistiefeln in den Hühnerstall. Dann ging das Schippen los. Wir Kinder fanden plötzlich Freude daran, wurden übermütig und dann war auch für unsere Eltern nur noch der Humor rettend.

Bei uns zu Hause spielte die Schönheit des Weihnachtsbaumes eine große Rolle. Er wurde nach gründlichem Auswählen in einem hofeigenen Wäldchen geschlagen. In einem Jahr stand der Tannenbaum, von meinem Vater und dem Tischler auf den Ständer gesetzt, schon im Wohnzimmer, als meine Mutter ihn erblickte. Scheußlich! Der geht gar nicht. Er hielt ihrer Prüfung nicht stand und wurde schneller hinausbefördert, als er hereingekommen war. Nun musste ein neuer Baum her. Wieder wurde in dem Wäldchen nach einem schönen Baum gesucht, was sicher für meinen Vater nicht ganz einfach war. Dieser zweite Baum durfte bleiben. Er fand Gnade vor den Augen meiner Mutter. Als er am Heiligen Abend im Lichterglanz von einer Zimmerseite zur anderen wuchtig dastand, war alles Vorherige verraucht.

R.G.

Tanzstunde

Mutti, Lüttes hat sich die Lippen angemalt!
Dieser Ruf war der reine Verrat.
An unserer Schule in Westfalen war es üblich, dass die ganze Klasse geschlossen zur Tanzstunde ging. Wir alle waren vierzehn oder fünfzehn Jahre alt, also durchaus schon am anderen Geschlecht interessiert.
Im Vorfeld herrschte große Aufregung. Zu diesem Vorhaben mussten sich auch die Eltern einig sein, denn dazu wurde extra in einer der örtlichen Gasthöfe ein Tanzlehrerpaar aus Lemgo engagiert, das dann wöchentlich für anderthalb Stunden kam.
Alles begann nach den Herbstferien. Da fuhren wir an dem Tanzstundentag nach der Schule nach Hause und am Nachmittag wieder an unseren Schulort, um uns dort ein bisschen fein gemacht zu treffen. Immer auch die feineren Schuhe in einem so genannten Püngel dabei. Dann gingen wir das Straßendorf entlang, stießen immer wieder auf Grüppchen aus unserer Klasse, bis am anderen Ende des Dorfes der Ort des Geschehens erreicht war. Und dann zückten wir Mädchen unseren ersten Lippenstift, der nach Himbeere schmeckte, was meinen Bruder, mit dem ich in einer Klasse war, zum Petzen hinriss.
Großes Getuschel, und die Fragen „wer mit wem" nahm einen große Raum ein und sollte die ganze Tanzstundenzeit die spannendste Frage bleiben. Das Gasthaus, in dem wir Tanzstunde hatten, war

wenig einladend. Es hatte einen dunklen Tresenraum mit wenigen Sitznischen, ein paar Stufen hinunter ging es in einen dunklen Saal mit glänzendem Parkett.

Hier saßen wir nun. Mädchen und Jungen getrennt an den Wänden aufgereiht, wie die Hühner auf der Stange. In der Mitte saß das Tanzlehrpaar und schon prasselten die ersten Benimmregeln auf uns nieder. Die Herren sollten nicht breitbeinig sitzen und die Hände nicht über ihrem Hühnergrab verschränken. Außerdem war es nicht chic, so kurze Socken zu tragen, dass man die samtbehaarten Stachelbeerbeine sehen konnte. Und die Damen, doch nicht etwa die Beine übereinanderschlagen oder etwa breitbeinig, sondern schön gesittet, nebeneinander.

Dann kam das Kommando zum Auffordern. Wer würde kommen? Wäre das angenehm? Im Kopf fand in Sekundenschnelle eine ganz klare Selektion statt. Natürlich zählten wir zu Beginn bei jedem Schritt. Zuerst zählte der Tanzlehrer und kommandierte den Takt. Vor, vor, seit, ran, seit, vor! Wie schwierig war das zu Beginn. Alles war zu bedenken, den richtigen Takt, die richtigen Schritte und dann noch die richtige Haltung. Da gab es wenige Jungen, denen das Tanzen ebenso viel Spaß machte, wie uns Mädchen. Sie verlockte eher ein unbeobachtet getrunkenes Bier.

Die Tanzstundenzeit war in zwei Hälften eingeteilt. Die erste endete mit dem Mittelball, die zweite mit dem Abschlussball. Dem Mittelball, der einer

Generalprobe glich, wurde nicht die ganz große Bedeutung beigemessen, aber der Abschlussball forderte manche Nachtruhe.

Welcher von den Herren würde einen bitten? Wäre das dann auch der Wunschpartner, oder wenigstens einer, der tanzen konnte? Und dieser Herr musste seine Dame zu Hause abholen. Dazu gehörte dann ganz wichtig, noch ein neues Kleid, eine Abendtasche und Tanzschuhe. Die allererste Ballgarderobe! Das war schon etwas ganz Außergewöhnliches, denn nicht geerbte Kleidung war sehr selten.

Wie war ich glücklich, als mein Traum aus Hellblau, zu dem ich eine rosa Stola bekam, in meinem Zimmer hing. Jeden Tag konnte ich das jetzt begucken. Dann wünschte ich mir eine Tasche aus Nappaleder, schön breit und flach, der damaligen Mode entsprechend. Und zum Abschluss die grauen Nappalederschuhe mit dem Dackelabsatz, praktisch und chic zugleich.

Natürlich wurden die Eltern und das ganze Lehrerkollegium zum Abschlussball eingeladen.

Alle waren wie ausgewechselt, die Tanzlehrer so charmant, wie wir sie noch nicht erlebt hatten, alle eben nicht nur in festlicher Kleidung, sondern auch in Festtagslaune. Wir wurden nach einer Tischordnung gesetzt, die Spannung war zum Greifen nah, und dann ging es mit dem Tanzpartner, einen kleinen Blumenstrauß in den verschwitzten Händen auf zur ersten Quadrille, die mit mehr Aufmerksamkeit, als Freude getanzt wurde.

Danach wurde es locker, alles tanzte durcheinander, und auch der erste Tanz mit dem Vater war an der Reihe. Bei der Damenwahl konnte man auch mal einen besonders Angehimmelten auffordern, um dann vielleicht durch sein mangelndes Taktgefühl wieder aus dem siebenten Himmel heruntergeholt zu werden.

Und was war unsere Musik? Elvis mit dem Ranschleicher „Love me tender". Oder Peter Kraus, mit „Oh, oh, I love you baby". Der Kriminaltango oder die Schnulzen von Gerhard Wendland im Gegensatz zu den frischen Songs von Cornelia Frobess, die wir auch sehr mochten. Das waren schon Ohrwürmer und es war unsere Musik, die Musik unserer Jugend, die wir auf allen privaten Festen spielten. Die Tanzstundenzeit ist mir voller Aufregung in leuchtender Erinnerung. Sie war geprägt von Gemeinschaft, vom ersten Verliebtsein, eine wichtige, schöne, ausgelassene Phase. Von nun an wurde jeder neue Freund auch an seinen Tanzkünsten gemessen.

R.G.

Erntefest

Der Tag des Jahres war das Erntefest. Es hatte sich herumgesprochen, dass heute die letzte Fuhre kommen sollte. Die ganze Belegschaft war vor dem Gutshaus versammelt, als der letzte hochbeladene Erntewagen von weitem rumpelnd immer näher kam und dann vorfuhr. Obenauf stand, als wichtigste Person, eine der Melkfrauen. Auf einer Forke hielt sie die mit bunten Bändern geschmückte Erntekrone in die Höhe.

Nun standen alle im Halbrund um die Fuhre, und hörten andächtig der Rede des Pächters zu. Darauf folgte der Choral: Nun danket alle Gott." Dann kam die Melkfrau mit der Erntekrone an die Reihe, der mühsam vom Wagen herunter geholfen worden war.

Sie sagte ein langes Gedicht auf und überreichte die Erntekrone. War es immer dasselbe Gedicht? Das spielte in der feierlichen Situation keine Rolle. Die Verwalter und Eleven bekamen kleine Ährensträuße.

Dann ging es zur großen Kaffeetafel. Am Abend fuhr das ganze Gut mit allen, die zum Getriebe des Hofes gehörten, auf das Vorwerk zum Tanz.

Dort wurde auf zwei großen Böden gefeiert, der Schnaps und die Musik sorgten bis in den frühen Morgen für eine ausgelassene Stimmung. Zunächst mussten der Pächter ebenso wie auch mein Vater die Pflichttänze erledigen. Da waren die Melkfrauen an der Reihe und die Landarbeiterfrauen und sicher noch so manches andere Pflichttänzchen. Für meinen Vater war das eine Tortur, denn die Frauen schoben ihn, der eigentlich gar nicht tanzen konnte, vehement im Walzertakt durch den Saal.

Das hatten wir noch nicht erlebt. Die Erwachsenen waren wie ausgewechselt. Und das bot auch für uns Kinder eine gute Gelegenheit, so manchen Unfug zu machen.

R.G.

Wo und wie spielten wir?

Unser Spielplatz war der Hof meiner Kindheit und die Spielgefährten wohnten alle gemeinsam in dem großen Gutshaus und dessen Anbau. Da begegneten wir uns schon im Haus oder erst auf dem Hof. Natürlich war der Hof ein verlockender Ort mit all seinen Gebäuden und Ställen, mit den Heu- und Strohböden und seinen Teichen. Wir konnten uns völlig frei bewegen und herumstromern, bis die Grenzen überschritten waren und es von irgendeinem Erwachsenen ein Donnerwetter gab. Wir liebten besonders die Viehställe, und da war der Pferdestall der Schönste, weil wir die Hoffnung hatten, entweder mit der Kutsche oder auf dem Sattelknopf mitgenommen zu werden. Auch beim Schweinemeister guckten wir gerne ein, denn wenn neue Ferkel geboren wurden, dann zauberte die Rotlichtlampe eine ganz heimelige Atmosphäre.

Der Heu- und Strohboden war vielleicht verboten, aber wir hatten immer eine genaue Zeit mit, wann wir uns zu Haus einzufinden hatten, und dann waren wir eben verschwunden. Was haben wir da herumgetobt, haben halsbrecherische Sprünge aus luftiger Höhe gemacht und uns im Stroh Höhlen gebaut. Im Sommer gab es auf den Feldern riesige Strohmieten, die mit viel Umsicht aufgestapelt waren und es war auch hier nicht sehr gern gesehen, wenn wir dort herumsprangen oder unsere Hütten bauten. Aber es gab auch die artigen Spiele. Wir hatten Murmeln aus glasiertem Ton, mit

Die neue Schaukel

denen wir spielten, und was war das für eine Sensation, wenn mal ein Gast eine Glasmurmel mitbrachte, in deren Lichtbrechungen man den Zauber der weiten Welt vermutete. Hinkefuß hieß das Spiel, bei dem wir auf unseren Schuh einen Stein hüpfend durch bestimmte Quadrate an das Ziel bringen mussten. Und dann gab es viele, viele Ballspiele. Von der Probe, die man allein spielen konnte bis hin zum Völkerball. Und natürlich haben wir Verstecken und Greifen gespielt und uns dabei herrlich amüsiert oder sind auch mal vor Wut heulend nach Hause gegangen. Als wir eine Schaukel bekamen, beschäftigte uns das eine ganze Zeit und Kunststücke an Reck und Ringen mussten eingeübt werden.

Die Vergnügen, die der Winter mit Eis und Schnee brachte, waren nicht zu toppen. Wir sind Schlittschuh gelaufen, bis die Hacken von unseren

Winterstiefeln abfielen und zum Schuster mussten und wir rodelten, bis der Frost an unseren Füssen unerträglich wurde und die Hände eiskalt von der Nässe.

R.G.

Kindergeburtstag

Einladungen zum Geburtstag anderer Kinder waren immer mit viel Aufregung verbunden. Ich wurde sonntäglich zurechtgemacht, mit neu geflochtenen Zöpfen, die nicht mit den täglich getragenen Zopfspangen versehen waren, sondern zu diesem Anlass eigens mit einer frisch gebügelten Schleife.
Unser Geschenk war in meiner Grundschulzeit stets das Gleiche. Eine Tafel Schokolade und obenauf eine Apfelsine. Beides Köstlichkeiten, die, wenn ich sie nun in der Hand hatte, Sehnsüchte hervorriefen. Da hätte ich doch am liebsten hineingebissen, statt sie zu verschenken. Eingepackt wurde dieses Geschenk nicht, aber eine Schleife sollte diese Gabe verschönern, und ich erinnere mich, wie sehr diese beiden unterschiedlichen Formen sich sträubten zusammengebunden zu werden.
Nun zog ich los, halb mit Freude und halb mit einem bangen Herzen, denn es gab ein unangenehmes Spiel, das zu der Zeit seine Runde machte. Irgendwann am Nachmittag wurde ein Sessel verhüllt und erhöht in eine Zimmerecke gestellt. Nun ging es der Reihe nach: „Der nächste Patient bitte". Zu gerne hätte ich mich gedrückt, aber sofort wäre ich als Spielverderber gebrandmarkt worden. Wenn der vermeintliche Patient nun auf dem Stuhl saß, seine Zähne angeschaut worden waren, dann tat es plötzlich im Gesäß einen unangenehmen Pieks und obwohl das jeder schon erwarten konnte, war der Schrecken immer gleich groß.

Aber es gab die schönen Spiele unserer Kindheit, bei denen an erster Stelle das Verstecken stand. Ein Kind musste sich mit zugehaltenen Augen an eine Wand stellen und bis zehn zählen, um dann die anderen Kinder zu suchen. Später spielten wir das dann mit Abschlagen. Dabei musste der Gefundene mit dem Suchenden um die Wette laufen, um sich am Ausgangspunkt des Spieles abzuschlagen. „Der Plumpsack geht rum" war ebenso wie „Ringlein, Ringlein, du musst wandern" ein beliebtes Kreisspiel. Wer bei manchen Spielen verloren hatte, musste einen Pfand abgeben. Das war dann herrlich, wenn ein Kind sich mit verbundenen Augen bückte und ein anderes ein bestimmtes Pfand in den Händen hielt. Dann hieß es: „Puck, Puck, Puck, was soll derjenige tun, dessen Pfand ich hab in meiner Hand"? Der Puck überlegte sich dann möglichst originelle Aufgaben, deren Ausführung zur allgemeinen Erheiterung beitrugen. Topfschlagen und Flaschendrehen

gehörten zu unseren Spielen ebenso wie auch Sackhüpfen und Eierlaufen.

Die Kindergeburtstage machten satt, müde und von all dem Spielen kam ich mit rotglühenden Wangen meist glücklich nach Hause.

R.G.

„Kippel Kappel"

Kommst Du mit? Kippel Kappel spielen?
Wir gehen ans Hünengrab, weg von unserm Haus.
Vater korrigiert und darf nicht gestört werden.
Detlev, Armin, Jasper, ein paar Nachbarkinder und ich.
Piss-Pott, Piss-Pott. Kennt ihr das noch? Fuß an Fuß gehen die Mannschaftsführer aufeinander zu.
Der, der keinen ganzen Fuß mehr setzen kann, muss dem anderen den Vortritt beim Wählen seiner Mannschaft lassen.
Nimm mich! Nimm mich! Aber wieder werde ich zuletzt genommen.
Rille in den Sandboden graben, Kippel quer drüber legen und schon fliegt er hoch in die Luft.
„Gefangen, gefangen - mit einer Hand 25 Punkte"!
Ob er auch noch das Abwerfen schafft? Der Kippel fliegt, fliegt... vorbei.
„Daneben, daneben, noch mal daneben."
Mist, ich habe nicht geschafft, den Kippel hochzuschnellen und wegzuschlagen.
Na, das nächste Mal.
Armin ist dran.
Hoch fliegt der Kippel über die Köpfe – Jasper fängt ihn – wieder 25 Punkte.
„Daneben, das schaffst du doch nicht."
Aber – nicht zu glauben - Kippel berührt Kappel - Mannschaftswechsel.
Wie viel Punkte haben wir?
Und die anderen?

Noch heute spielen „wir Holms" bei Familienfesten Kippel Kappel. Egal ob Silberhochzeit, 60. Geburtstag oder Vaters Urnenbeisetzung.

Das ist ein Geschrei und Streit um Punkte und Regeln.

Die Schritte vom weg geschlagenen Kippel zurück zum Loch kann man schließlich auch ein bisschen kleiner machen. Und wenn ich bei viel Glück den Kippel zweimal in die Luft schlage zählt alles doppelt.

Darin ist Jasper Meister. Immer noch. Dieses herrliche Wirgefühl als Mannschaft und das ungehemmte Schmähen der Gegner macht den größten Spaß. So richtig gehässig sein. Und keiner darf es übelnehmen. Dann kommen alle ausgetobt und fröhlich nach Hause zurück.

K.H.

Helfen

Oh, wie sehr habe ich es gehasst ein Mädchen zu sein, als ich Kind war. Aber wie damals noch üblich, gehörte das Mädchen mit seinen Aufgaben in das Haus und die Jungen nach draußen.

Es gab wenige Aufgaben, die wir Geschwister gemeinsam erledigen mussten. In unserer Grundschulzeit trafen wir uns vor dem Abendbrot zum Schuheputzen. Erstens ging man nicht mit ungeputzten Schuhen und außerdem mussten sie gepflegt werden, weil sie kostbar waren. Als wir größer waren, gehörte eine Stunde Holzhacken nach der Schule zu unseren Pflichten. Am Ende bauten wir unter Anleitung meiner Mutter eine stattliche Holzmiete und waren stolz.

Meine Aufgaben waren zunächst in Küche und Haus . Immer musste ich abtrocknen, wenn meine Brüder sich nach draußen verduftet hatten, dass sie dort auch ihre Pflichten hatten, übersah ich voller Neid. Ich sollte mein Zimmer sauber machen, was zur Folge hatte, dass man sich bei mir die Schuhe ausziehen musste, was in unserem Haus ganz ungewöhnlich war.

Und natürlich bei besonderen Ereignissen, wie Festen oder Einmachen, war ich der Läufer. „Hol mal dies, hol mal das. Guck mal nach dem Essen, koch mal einen Kaffee". Wie war das öde, immer nur geschickt zu werden und keine fertige Arbeit am Ende bestaunen zu können. Es war zudem nicht einfach, etwas richtig zu machen, denn meine

Beim Hühnerfüttern

Mutter hatte sehr genaue Vorstellungen. Am heiligen Abend, wenn bei uns ganz bestimmte Gerichte morgens erst zubereitet werden konnten, dann flog ich meisten noch vor dem Mittagessen wegen Aufsässigkeit aus der Küche.
Im Sommer, wenn Gäste kamen, dann ging es je nach Sonnenstand oder Wind zu jeder Mahlzeit in eine andere Ecke des Gartens. Meine Mutter liebte das, und keine Mühe wurde gescheut. Da wurden Sitzkissen und Tischdecken herbeigeschleppt, der Tisch durfte nicht wackeln und als das Essen

aufgetragen war, alle diesen herrlichen Platz lobten, fehlte mit Sicherheit noch irgendetwas. Also wieder: "Hol doch mal". Noch einer von meinen beliebten Botengängen und ich fühle noch heute, wie maulig mir dabei zumute war, immer ich! Aber es half nichts. Das wiederholte sich Sommer für Sommer.

Irgendwann habe ich mich wegen all dieser Mädchenarbeiten aufgelehnt. Ich wollte lieber draußen helfen, wollte mit den Pferden mit der Hungerharke fahren und später Treckerfahren lernen und nicht so unwichtige Dinge im Haus tun. Es hatte Erfolg. In Zukunft erledigten wir gemeinsam den Abwasch, und dann durfte ich zu meinem ganzen Glück draußen mitarbeiten. Aber bei der Gartenarbeit holte mich wieder der Läuferjob ein, was so nachhaltig negativ wirkte, dass mir dieses Tun lange Zeit verhasst war, bis ich eines Tages, längst erwachsen, meine Passion dafür entdeckte.

R.G.

Flüchtlingskind

Meine gesamte Schreibarbeit ruhte, weil ich dabei bin, meine Küche zu renovieren.

Das ist eine Geschichte!

Mit so viel Widerständen habe ich nicht gerechnet.

Es soll aber auch kein Geld kosten – tut`s aber doch.

Ich will wieder selber abwaschen. Keine Maschine. Die Küche ist einfach zu winzig dafür.

Außerdem kann ich dann wieder anfangen zu singen. Darauf freue ich mich schon. Übrigens hat meine Mutter ihr ganzes Leben mit der Hand abgewaschen, bis auf die kurze Zeit, in der wir helfen mussten. Hanna und ich. Sonst bekamen wir kein Taschengeld. Fünf DM im Monat. Die Kellertreppe musste ich fegen, das war mir zuwider. Diesen Widerwillen habe ich bis heute nicht abgelegt.

Helfen war auch angesagt, wenn ein Reh „aus der Decke geschlagen" werden musste. Da war meine Anstelligkeit gefragt, denn mein Vater wurde schnell ungeduldig. Ich musste schon vorausahnen, welcher Handgriff jetzt notwendig war. Da war ich wichtig, da war ich anerkannt.

Eine „Schleppe ziehen" für die Jagdhunde – das war auch Helfen.

Die anderen Geschwister waren schon aus dem Haus oder mussten Schularbeiten machen. Ich durfte mit zum Flotthof. Dort zog ich einen

Hasenbalg im Hasenzickzack über die Wiese und duckte mich dann hinter dem Knick.

Mein Vater ließ den Hund los, der die „Fährte" finden und ihn dann zum „angeschossenem Tier" führen sollte.

Helfen durfte ich auch bei der Treibjagd. Das war etwas Schönes. In einer Kette mit anderen Treibern stapfte man über das verschneite Feld, schlug mit dem Stecken auf die Erde und schrie: „Haas, Haas, Haas!" Um die Tiere aufzuscheuchen, die dann geschossen wurden. Anschließend durfte ich beim „Schüsseltreiben" dabei sein. Da wurden die tollsten Jagdgeschichten zum Besten gegeben, und es ging hoch her.

Später war ich die „Feuerhexe", die in der Sandkuhle für heißes Grogwasser sorgte.

K.H.

Flüchtlinge und andere Menschen

Ich war ein Flüchtlingskind, kein echtes – aber trotzdem.

Meine Mutter war mit ihren vier Kindern geflohen. Zusammen mit ihrer Freundin und deren vier Kindern und einem Pflichtjahrmädchen.

Dann hatte sie Unterkunft gefunden auf dem Hof Kattrepel bei Marne, von dem die erste Frau meines Vaters stammte. Als es dort zu Spannungen kam, hat meine Mutter dafür gesorgt, dass wir ein „eigenes Dach" über den Kopf bekamen. Das war „Der Bunker". Meterdicke Mauern aus Beton, zwei Stockwerke hoch, ziegelverkleidet, mit nur einem Fenster, umschlossen den Raum. Die Küche war gleichzeitig Flur. Das Plumpsklo hatte „Wasserspülung" aus dem Brunnen. Als Handwaschbecken diente der Deckel eines Armeekübels. Die Inneneinrichtung bestand aus abgelegten Gegenständen der Flak-Besatzung und dem Armeelager. Meine Mutter erinnert sich nicht so gern an die Zeit. Wenn der Bunker noch stehen würde, könnte man auch eine herrliche Dachterrasse aus Glas draufsetzen – dann könnte man wohl in Brunsbüttel die Schleuse sehen.

Mein Flüchtlingsdasein wurde mir nicht richtig bewusst. Nur später merkte ich, dass ich „nirgends dazugehörte". Jetzt in der Türkei zum Beispiel, als unser neuer Freund aus dem Dorfleben seiner Kindheit erzählte – wie schön das Zusammengehörigkeitsgefühl mit allen Verwandten im Dorf war. Das hatte ich nicht. Ich gehörte nirgends „dazu".

In diesem Bunker wohnten wir

Mit den Nachbarkindern sollten wir nicht spielen. Zum Kindergarten wurde ich damals nicht geschickt – gab es überhaupt einen?
Der Bunker stand 500 Meter entfernt von anderen Häusern auf freiem Feld – wie sollte ich als kleines Kind das überwinden? Einmal tat ich es. Ich pflückte einen Blumenstrauß am Wegesrand. Klappertopf, Gänseblümchen, Pechnelken, Hahnenfuß, Gräser und brachte ihn zu dem Nachbarhof.
Dort lieferte ich mein Sträußchen ab und bekam ein Stück Marmorkuchen geschenkt. Seither kenne ich die Kraft der Wildblumen. Und wenn ich heute beim

Pilgern mit meinem Wiesenblumenkranz daherkomme, zaubere ich ein Lächeln in jedes Gesicht. Auch das mit dem Kuchen klappt immer wieder.

K.H.

Kleidung in der Nachkriegszeit

Was hatte der Sonntagmorgen mit meiner Kleidung zu tun? Dies ist meine erste Erinnerung an Kleidung überhaupt. Meine grässlich kratzenden, langen Wollstrümpfe, die ich den ganzen Winter hindurch trug. Aber so furchtbar kratzten sie nur, wenn ich sie frisch gewaschen sonntags anzog. Das war so schlimm, dass ich jeden Sonntag weinte und meine Mutter bat, ob wir das Frische-Strümpfe-Anziehen nicht auf montags verlegen könnten, wenn es eilig zur Schule ging. Irgendwann, viele Jahre später, gab es die Erlösung mit den ersten gekauften langen Strümpfen. Sie kratzten nicht – unfassbar!
Lange wurde, außer den Strümpfen, nur den Schleifen für die Zöpfe große Aufmerksamkeit gewidmet. Ich liebte karierte Taftschleifen, die über einem heißen Teekessel glattgezogen wurden.
Die andere Kleidung war geerbt. Sie war, wie sie war. Es gab keine Wahl, keine Diskussion und somit wurde die Kleidung zu einer Nebensache.

Aber eines Tages vor Weihnachten wurden mir die Augen verbunden. So fest, dass ich auch ja nichts sehen konnte. Und dann musste ich etwas anprobieren, was sich schon wieder wollig anfühlte. Auf meinem Gabentisch lag dann ein hellblaues, gestricktes Kleid. Ein Glockenrock mit einem kurzärmeligen Oberteil.

Als im Advent des nächsten Jahres wieder eine Anprobe mit verbundenen Augen stattfand, war die

Mit kratzenden Strümpfen und neuem Kleid

Spannung nicht mehr so groß. Ich fragte mich, warum man mir die Augen verband. Ein hellgrünes Kleid des gleichen Modells lag dieses Mal auf meinem Gabentisch. Kratzten diese Kleider? Nein, ich erinnere mich nicht daran. Sehr gerne trug ich das lindgrüne Kleid, das eine zeitlang das Prädikat „Sonntagskleid" hatte.

Ja, ich trug hauptsächlich geerbte Kleidung. Besonders beerbte ich die Tochter von Bekannten aus Hamburg. Wenn das Paket mit Kleidung kam, war es ein Festtag und der Inhalt hatte etwas von städtischer Eleganz, die uns wegen unserer Sparsamkeit und Zweckmäßigkeit völlig abging. Lange habe ich mich in diese Herrlichkeiten hineingezwängt, aber eines Tages mußte ich akzeptieren dieses junge Mädchen hatte eine andere Kleidergröße, als ich sie inzwischen brauchte. Von nun an war alles nur noch zweckmäßig. Mein Bedauern über das Ende dieser herrlichen Pakete war groß.

In einem Winter, viele Jahre später, Mädchen trugen nur zu dieser Jahreszeit Hosen, hatte ich einen sehr speziellen Wunsch. Woher mag der wohl gekommen sein? Diese Flut von Reklameblättchen gab es noch nicht. Ich wollte eine 7/8 Hose mit einem Latz haben. Wie habe ich meine Mutter bebettelt, bis wir endlich nach Bielefeld fuhren und genau solch ein tolles Teil aus Wolle mit einem schwarz/weißen Pepitamuster kauften. Endlich mal ein neues Stück. Wie war ich stolz. Am nächsten Morgen zog ich erwartungsfroh in die Schule. Was würden meine Klassenkameradinnen sagen? Ich war sehr gespannt. Die Worte eines Klassenkameraden: "Du hast aber eine schöne Spielhose", machten aus meinem Traumobjekt im Handumdrehen eine ganz gewöhnliche Hose. Jeden Tag, an dem ich sie trug, kamen mir diese Worte in Erinnerung. Die Freude war dauerhaft getrübt.

R.G.

Der einzige Petticoat

In den Herbstferien kam meine Cousine Monika zu Besuch. Die kleine süße Deern mit den blonden Löckchen, die bei uns im Bunker für ein Jahr untergebracht war, als ich zwei Jahre alt war.

Das war die, die meine Geschwister viel süßer fanden als mich.

Ich war ja auch nur die kleine Schwester mit glatten Haaren, die immer beim Spielen störte.

Wir hatten uns lange nicht gesehen und waren uns ein wenig fremd. Außerdem störte mich, dass ich mich um sie kümmern sollte. Ich hätte lieber beim Kartoffelsammeln etwas Geld verdient, aber Kartoffeln sammeln wollte Monika nicht.

Na gut, dann machen wir eben einen Stadtbummel. Aber Monika hatte keinen Petticoat. Und sie sollte doch genau so chic aussehen wie ich. Als gute Gastgeberin gab ich ihr natürlich meinen aus kratzigem Tüll selbst genähten. Den Unterrock meiner Schwester konnte ich nicht ausleihen, da sie ihn selber brauchte. Aber praktisch veranlagt wie immer nahm ich den sperrigen Draht aus dem Keller und fädelte ihn in einen anderen Unterrock ein. Das Ergebnis entsprach zwar nicht ganz der Mode, aber was sollte ich tun? Der Kleidersaum hing noch etwa zehn Zentimeter über, aber insgesamt stand der Rock sehr schön ab. Ich konnte mich mit dieser „Krinoline" zwar nicht hinsetzen, aber weil wir wenig Geld hatten mussten wir sowieso zu Fuß in die Stadt, wo wir ohnehin nur flanieren wollten. In den großen Schaufenstern am Großflecken kontrollierte ich ab und zu mein Aussehen und war ganz glücklich über den Erfolg, als ein blöder Kerl, so ein alter, ganz abfällig zu mit sagte:

„Solch einen Quatsch mit dem Draht hast du doch gar nicht nötig!" War das nun nötig gewesen, meinen mühsam aufrecht erhaltenen Schein zu zerstören? Ich kam mir dumm und ertappt vor.

Mit Monika bin ich später nicht mehr zusammen gekommen – außer zur Beerdigung von Onkel Friedel und ihres Vaters. Aber ich habe ja noch ein Cousinentreffen vor. Alte Geschichten aufwärmen.

K.H.

Echte Flügel

Noch heute fühle ich die Glückseligkeit meines Flügelkleides. Es war ein Traum von einem Sommerkleid aus duftigem weißem Stoff mit Streublümchen darauf. Eine Seligkeit. Mit Flügeln. Immer wieder strich ich die Flügelchen hoch, sie sollten doch prächtig aussehen. Meine Schwester hatte das gleiche Kleid, aber ihre Flügel waren etwas länger. Das machte mich ein bisschen neidisch.
Ich trug das Kleid an einem Tag, an dem es schwierig war, gegen die gleißende Sonne zu gucken und dabei keine Grimasse zu schneiden. Wann ich das Kleid sonst noch trug, weiß ich nicht. Das ist egal. Einmal hatte ich echte Flügel.

K.H.

„Nimm doch mal was Farbiges!"

Mein erstes auf der Nähmaschine selbst genähtes Kleidungsstück war ein Badeanzug. Auf der alten „Tretmaschine" meiner Mutter, einer „Pfaff", entstand er. Ich hatte meiner Mutter viele Male zugeschaut wie sie nähte und wollte nun endlich einmal selbst etwas machen. Mit meinen zehn Jahren hatte ich ja noch eine einfache Figur. Damals gab es noch keine Stretchstoffe. Ich schuf also ein blaues Teil aus Baumwollstoff: gerade Nähte, Träger, fertig! Ich war sehr stolz auf das fertige Produkt und erinnere noch das Gefühl des nassen Stoffes auf meiner Haut während des Schwimmunterrichts im Klosterbad in Neumünster.
Meine Klassenkameradinnen hatten natürlich gekaufte Badeanzüge. Meiner aber war besonders. Nicht besonders hübsch, aber besonders.

Fünf Jahre später wollte ich unbedingt einen Janker haben. Damals war es nicht nur sehr teuer, etwas im Geschäft fertig zu kaufen, es kam auch gar nicht in Frage. Also wurde ein grauer Wollstoff beschafft. Den Janker, eine Jacke ohne Kragen, nähte ich mir dann selber. Meine Mutter durfte mir auf keinen Fall helfen, aber bei den Ärmeln wäre ich fast verzweifelt. Die Armkugel sollte doch faltenlos sitzen, und das war eigentlich nicht möglich. Wir hatten damals eine Schneiderpuppe, so eine Drahtbüste auf einem Ständer, die man zurecht biegen konnte. Daran passte ich die Ärmel an.

Der schöne Janker

Meine Güte, was habe ich wieder und wieder gesteckt, geheftet und geändert. Nun holte ich meine Mutter doch ab und zu zur Hilfe, obwohl sie mit meinem Vater im Wohnzimmer saß und nicht mehr gestört werden wollte. Aber wenn sie dann sagte: „Nun lass es doch endlich gut sein, es sitzt doch!" war es mir doch nicht gut genug und meine Mutter verschwand unwillig wieder im Wohnzimmer. Ich blieb mit meiner Arbeit in der kalten Küche zurück – allein mit meinem Perfektionismus. Wer dachte da an Lateinvokabeln oder mathematische Formeln? Ich jedenfalls nicht.

Dann endlich war es geschafft. Perfekt bis in die Knopflöcher zog ich stolz meine Jacke zur Schule an. Die Knöpfe hatte meine Mutter aus Norwegen, silberne Knöpfe mit einem eingravierten, stilisierten Blumenmuster. Welcher Triumph wurde mir zuteil. Alle Mitschülerinnen bewunderten mein Werk und wollten das Jäckchen auch einen Moment tragen. Ich gestattete es gnädig.

K.H.

Und immer wieder Strümpfe

Trainingshosen und lange Strümpfe waren die ständigen Begleiter unserer Kindergarderobe in den letzten Jahren des Krieges und danach. Im Zeitalter der Strumpfhosen und Leggins kann sich heute kaum noch jemand aus der jungen Generation diese unglaubliche Beinbekleidung vorstellen. Ich fühle noch heute die Kleidungsstücke, die jeden Winter wieder hervorgeholt wurden.

Trotz aller Textilknappheit waren diese Strümpfe in meiner Erinnerung das Einzige, was es immer neu zu kaufen gab. Sie wurden meist in dunkel- bis mittelbraunem Farbton gehandelt. Das Wollmaterial war so hart, dass die Strümpfe scheußlich an den Beinen kratzten. Erst wenn sie wiederholt gewaschen waren, wurden sie langsam erträglicher.

Um diese langen Strümpfe zu tragen, bedurfte es einer besonderen Technik. An einem Leibchen war jeweils an jeder Seite ein Wäscheknopf angenäht. Am oberen Rand der Strümpfe saß ebenfalls ein Wäscheknopf. Diese beiden Knöpfe wurden durch ein Knopflochgummiband verbunden. So konnten die Strümpfe nicht herunterrutschen. Ziemlich unerotisch sahen für uns damals die Strapse aus, die heute in der Dessousmode eine so besondere Rolle spielen.

Kam endlich der Frühling mit wärmeren Tagen, durften wir nicht etwa die langen Strümpfe mit Kniestrümpfen tauschen. Dazu war es „noch längst nicht warm genug", stellten die Eltern fest. Für

dieses Problem hatten wir schnell eine einfache Lösung. Wir entführten aus der Speisekammer heimlich ein paar Gummiweckringe. Hiermit befestigten wir die herunter gerollten Strümpfe unterhalb der Knie. Das Ergebnis war letztlich, dass wir im Haus lange Strümpfe trugen, draußen aber mit nackten Oberschenkeln herumtollten. Aber an gesundheitliche Folgen kann ich mich nicht erinnern.
C.H.

Kleider machen Leute

Das Busenwunder „Dolly Buster" hat mich ermuntert, diese Begebenheit zu Papier zu bringen.

Ich war wohl so 13, 14 Jahre alt, als meine Mutter eines Tages zu mir sagte:

„Heinz, ich brauche einen BH. Bring mir bitte aus der Stadt einen BH mit. Hier hast du 15 Mark. Bei Karstadt bekommst du einen dafür."

Vieles aus meinen Kinder- und Jugendjahren habe ich vergessen, aber dieses habe ich so vor Augen, als wäre es gestern gewesen.

Nach Schulschluss begab ich mich also zu dem Kaufhaus Karstadt. Zurzeit ist dort ja eine Abbruchruine, und ich wäre froh gewesen, wenn auch damals dort ein Trümmerhaufen gelegen hätte.

Mit hochrotem Kopf sprach ich in der entsprechenden Abteilung eine Verkäuferin an:

„Ich brauche einen BH."

„Wie bitte?" War die Verkäuferin nur erstaunt oder auch erbost und ärgerlich?

„Ich soll für meine Mutter einen BH mitbringen."

Das Wort Büstenhalter mochte ich nicht aussprechen.

„Wie alt?? Welche Größe?" Die Verkäuferin war kurz angebunden und spitzzüngig.

„14, ich bin 1,60 groß."

„Ich meine die Maße deiner Mutter."

„Weiß ich nicht. Kenne mich da nicht aus."

Olga Zemke

„Überleg doch mal. Wie sieht deine Mutter aus? Wie groß ist sie, welche Figur hat sie?"

„So etwa." Handbewegung. „So etwa wie Sie."

„Das ist mir zu ungewiss. Zeige mir mit der Hand etwa die Größe."

„Nein, das mache ich nicht. Das kann ich nicht. Ich weiß gar nichts mehr."

Die Angelegenheit lief mir aus dem Ruder, war mir nicht geheuer.

Es gab damals die Zeitschrift „BRAVO" noch nicht, Aufgeklärt war ich auch nicht. Ich wusste nur, dass die Kinder nicht vom Weihnachtsmann, dem Osterhasen oder vom Storch kommen.

Im Kaufhaus kam mir ein Zufall in Gestalt einer Dame zur Hilfe. Sie schlenderte durch die Abteilung, war mir auf Anhieb sympathisch und hatte etwa die Figur meiner Mutter. Ich nahm all meinen Mut zusammen und sprach sie an:

„Entschuldigung, darf ich Sie etwas fragen?"

„Ja, selbstverständlich."

„Sie haben die Größe und die Maße meiner Mutter. Würden Sie bitte für mich einen BH kaufen?"

Die Dame reagierte empört:

„Bist du noch ganz bei Trost? Wozu brauchst du einen BH?"

Ich erklärte die Umstände. Nun war sie wie umgewandelt und voller Freundlichkeit. Sie kaufte für mich den BH.

Zu Hause lieferte ich das gute Stück mit hochrotem Kopf ab:„Das war das erste und letzte Mal, dass ich für dich Unterwäsche gekauft habe!"

Ich glaube, das gute Stück passte. Jedenfalls war von Umtausch nicht die Rede.

H.Z.

Das Kleid zum Abtanzball

Große Aufregung – der Abtanzball rückt heran. Was ziehe ich dazu an? Es soll nichts extra kosten, weil man so herausgeputzt ja selten wieder ausgeht. Genug, dass es neue Schuhe sein sollen. Mit Absatz! Hackenschuhe! Pumps.

Das Kleid wurde aus einem alten, geerbten Brokatkleid geändert. Gelb und weiß und ein bisschen Silber. Ganz schlicht. Heute würden wir sagen retro so wie Jaqueline Kennedy. Das unschlagbare Argument meiner Mutter war: „Solch ein Kleid hat jedenfalls keine andere."

Um die Pumps gab es noch einen kleinen Kampf, aber schließlich musste ich doch die nehmen, die 20 Mark billiger waren. Genau genommen kauften wir sie ja nur für dieses eine Mal. Vorne waren sie durchbrochen, aber spitz, wie die Mode es vorschrieb. Dennoch spüre ich noch das Gefühl der Niederlage. Wegen der 20 Mark! Die anderen Schuhe waren so viel edler und passender, eher mein Stil. Es sollte übrigens so bleiben: Mein Stil ist doppelt so teuer! Immerhin fand mein Tanzstundenherr Eberhard Schulte mich schön genug und deutete es auch an. Ich bekam als Einzige rosa Pfingstrosen geschenkt. Ich sehe sie noch vor mir: Rosa und gerade geschenkt. Pfingstrosen blühen zart wie Porzellan, köstlich frisch und vielblättrig. Auch sie waren etwas Besonderes. Die anderen Mädchen hatten Sträuße mit einfallslosen, gerade modernen Nelken. Auch in

meinem Kleid feierte ich einen Triumph. Keine andere sah aus wie ich. Zu allem Überfluss trugen die beiden Mädchen mit den reichsten Eltern der Stadt dasselbe Modellkleid. Exakt! Bei einem Kleid waren die Bänder zwar etwas anders gebunden. Mein Kleid war ein Unikat!
K.H.

Die Zöpfe

In meiner Kinderzeit gab es fast nur eine Einheitsfrisur für Mädchen: die Zöpfe. Natürlich konnte auch hier variiert werden. Es gab Zöpfe mit Mittelscheitel, Zöpfe mit Seitenscheitel und Zöpfe mit einer Tolle, die von einem Kamm gehalten wurde. Meine mageren Zöpfe waren nie so schön wie die der Mädchen mit dickeren Haaren.

Mit frisch geflochtenen Zöpfen sahen wir so aus, wie unsere Mütter es wohl wünschten. Ordentlich und artig. Aber der Weg dahin barg manche Hürde. Diese langen Haare zu waschen und zu trocknen, was höchstens einmal in der Woche geschah, war eine mühsame Prozedur. Erst musste das heiße Wasser herbeigetragen, die Haare eingeschäumt und dann am besten noch mit Regenwasser gespült werden. Nie wollte der ganze Schaum aus den langen Haaren gehen. Im Sommer wurden sie in der Sonne getrocknet, und im Winter hielt ich meine Haarpracht an einen Ofen. Dieses Trocknen dauerte ewig. Schöne Zeit, in der ich lieber gespielt hätte. Dann folgte das erste Durchkämmen, das ohne kräftiges Ziepen gar nicht auskam. Wenn endlich die Zöpfe frisch geflochten waren, hatte ich mit dem Ziepen nur eine Pause bis zum nächsten Morgen. Das Flechten musste gelernt werden und bis ich es alleine konnte, war ich morgens auf die energische Hand meiner Mutter angewiesen.

Nun gab es eine Kollektion an Zopfspangen, die aussahen, wie kleine Raupen. Sie waren aus

Mit Zöpfen

Celluloid und hakten sich an der Unterseite mit kleinen Zähnen in dem Zopfende fest. Das heißt sie sollten es, aber oft rutschten sie auch einfach herunter und waren verschwunden. Auf der Oberseite dieser Spangen war zur Verzierung eine kleine Blume oder ein bunter Käfer aufgeklebt. Diese Verzierung verlor ich in regelmäßigen Abständen, und dann sah die Zopfspange nicht mehr hübsch aus. Nun wurde aber nicht Ersatz beschafft, sondern diese Spange musste so nackt ihren Dienst tun. Die Spangen wurden mit einem kleinen, festen Gummiband gehalten, das entweder bald ausleierte, oder einfach riss. Also nahm ich ein Gummiband aus der Küche und zog es dreimal um den Zopf. Das hatte zur Folge, dass das ungeflochtene Ende im rechten Winkel vom Zopf abstand. Schlimm war es, wenn ich zwei unterschiedliche Zopfspangen hatte oder wenn nur ein nacktes Küchengummi die Zöpfe zusammenhielt.

Zu Festen trugen wir Mädchen einen geflochtenen Haarkranz, den wir nicht alleine flechten konnten, oder ein Seidenband zierte mit einer Schleife unsere Zöpfe. Aber diese Schleifen lösten sich beim Spielen, waren plötzlich verloren und was nun? Ersatz gab es nicht so schnell. Ich liebte karierte Schleifen, die morgens über dem heißen Herdrand glatt gezogen wurden. Mit den Jahren entstand aus den Zöpfen der Pferdeschwanz. Für die meisten meiner Klassenkameradinnen erledigten sich Zöpfe und Pferdeschwänze mit der Konfirmation. Zu diesem Anlass trugen viele Mädchen die ersten Seidenstrümpfe. Außerdem schmückte sie der erste ersehnte Kurzhaarschnitt mit einer Dauerwelle.

Davon musste ich noch einige Jahre länger träumen.

R.G.

Die Dorfschule in Ording

Seit kurzem war ich in St. Peter Ording bei Tante Mara im Kinderheim. Alles fremd: Umgebung, die Menschen, der täglich Ablauf, das Essen, die Abwesenheit der Eltern – ich hatte Heimweh. Nun sollte ich in die Schule – noch mehr Veränderung.
Es war 1941, und ich war doch eben erst sechs Jahre alt geworden. Es war Krieg und sowieso alles beängstigend und bedrohlich. Fliegeralarm und Luftangriffe auf Kiel hatten in der letzten Zeit stets zugenommen. Grund für die Eltern, meinen Bruder und mich in Sicherheit außerhalb der Stadt zu bringen.
Nun also Schule! Ich trat diesen Gang mit eher gemischten Gefühlen, denn freudig an. Auch mein schöner, neuer Lederranzen mit Schiefertafel, an der ein Schwamm und ein Lappen baumelten und der bunte Griffelkasten mit Enzian- und Edelweiß-verzierungen auf dem Deckel, konnten mir nicht über die beklemmenden Gefühle hinweg helfen. Da war keine elterliche Hand, die mich in den neuen Abschnitt begleitete und Schultüte – sowieso Fehlanzeige.
Die alte, einklassige Dorfschule lag weit draußen direkt hinterm Deich. Der Weg dorthin war weit. Wir Heimkinder gingen zusammen, wir saßen ohnehin alle in einem Klassenraum.
Um den langen Weg abzukürzen, liefen wir über Weiden mit Kühen und Kuhfladen. Misstrauisch

schielte ich zu den Kühen rüber. Ich Stadtkind hatte Angst vor den großen Rindviechern, ebenso vor den älteren Jungen. Sie rempelten und schubsten, und ich fürchtete in einem Kuhhaufen zu landen.

Die Schule glich eher einer Bauernkate als meinen gewohnten Vorstellungen von Schulgebäuden. Das reetgedeckte Haus beherbergte Lehrerwohnung und Schulräume unter einem Dach.

Das Klassenzimmer für alle Jahrgänge von der ersten bis zur letzten Klasse war aufgeteilt in zwei Blöcke mit verschieden hohen Bankreihen.

Auf der einen Seite saßen die Mädchen, auf der anderen die Jungen.

Beim Eintreten in das Klassenzimmer empfing uns ein ziemlicher streng und alt aussehender Mann: wie sich herausstellte, unser Lehrer. Seinen Namen erinnere ich nicht, dafür umso besser seine harte Begrüßung: Wie heißt du? Woher kommst du? Setz dich! Er wies auf einen Platz in der vordersten Reihe der Mädchenabteilung.

Eingeschüchtert stolperte ich in meine Bankreihe.

Die eine Hälfte des Schreibpults ließ sich hochklappen, so kam man bequemer an seinen Platz und konnte dazwischen seinen Ranzen ablegen.

Da saß ich nun. Über mir schwebte die Raum-dekoration – eine Sägefischskelett – auch nicht gerade ermunternd.

Bevor morgens der Unterricht begann, war Kontrolle angesagt. Waren alle Tafeln, Hefte, Bücher, Schreibgeräte und die Hausaufgaben vollzählig?

Waren Hände und Fingernägel sauber? Wehe, wenn nicht, dann gab es gleich eine Verwarnung. Ja, es herrschten Zucht und Ordnung. Eine Blinddarmoperation beendete die Kinderheimzeit und somit auch den ungeliebten Schulalltag in St. Peter.

C.H.

i - Männchen, so hieß das damals

Ein Foto aus meiner Grundschulzeit führt mir vor Augen, wie deutlich ablesbar von unserer Kleidung die Situation unseres Umfeldes war. Da stehen viele Kinder mit Gummistiefeln auf dem Foto und ich kann mir vorstellen, dass Schuhe, wenn man überhaupt welche hatte, für hohe Festtage geschont wurden. "Geschont" wurde ohnehin in dieser Zeit. Das war viele Jahre danach ein stehender Begriff. Es war noch die Zeit der Sonntagskleidung. Niemand wäre der Idee verfallen, das Sonntagskleid ohne einen festlichen Anlass an einem ganz gewöhnlichen Wochentag anzuziehen. Vielleicht geschah das einmal eigens für ein Foto, aber fotografieren war in meinen ersten Schuljahren noch eine Rarität. Ich höre noch viele Jahre später, als sich langsam die Sonntagskleidung mit der anderen Kleidung vermischte, meine Mutter kritisch und vorwurfsvoll anmerken: „Jeden Tag in Samt und Seide!" Die Sonntagskleidung wich zeitgleich mit der Bedeutung des Sonntages. Wer heiligte noch den Sonntag? Natürlich hatte das auch mit der besseren Möglichkeit, die Kleidung zu waschen oder zu reinigen zu tun. Zurück zu dem Foto, auf dem die meisten Mädchen Schürzen tragen und viele der Jungen Lederhosen. Flankiert waren wir von dem Schulleiter im dunklen Anzug und einer jungen Lehrerin – natürlich im Rock.

Meine Schulzeit begann im April 1950. Ich war gerade sechs Jahre alt geworden. Der Fotograf, den die Schule bestellt hatte, erschien mit einer Schultüte und wir alle durften für das Foto einmal diese Schultüte umarmen. Das hätte sich eingebrannt, wenn da für jeden etwas Süßes drin gewesen wäre. Wir gingen zu Fuß vom Gutshaus über den großen Hof, vorbei an der Schmiede mit dem geheimnisvollen Feuer und den kraftvollen, metallenen Geräuschen. Auf einem Haufen neben der Schmiede lagen die Späne der Pferdehufe, die ihnen beim Beschlagen abgeraspelt wurden. Und Pferde gab es viele auf diesem Hof – Acker - und Kutschpferde. Vorbei also an der Schmiede und nach ein paar Schritten waren wir an der Schule. Schulhof und Vorgarten umrahmte ein Jägerzaun. Die Schule war backsteinsichtig. Neben zwei Klassenräumen befand sich im oberen Stockwerk die Wohnung des Schulleiters. Manchmal geschah es, dass seine Frau erschien und er den Unterricht für eine Zeit verließ. Aber es geschah auch, dass die Jungen Kohlen oder Holz in die Lehrerwohnung bringen mussten. Die erste bis vierte Klasse wurde zeitgleich in einem Klassenraum unterrichtet, ebenso die oberen Klassen. In unserem Klassenraum waren die unteren Fensterscheiben aus Milchglas, da diese Seite zur Straße zeigte. Ein großer Ofen war im Klassenraum und manchmal mussten wir Kohlen oder Holz mitbringen, damit geheizt werden konnte. Außerdem hatten wir eine vierstufige, bewegliche

Treppe, die gewöhnlich vor der Tafel stand, denn die Kleinen wie auch die Größeren sollten an der

I Männchen

Tafel schreiben können. Manchmal, wenn es gar zu kalt war, saßen wir alle zusammengekauert auf dieser Treppe, die dicht an den Ofen geschoben wurde. Außer Bleistiften und allerhöchstens Buntstiften besaßen wir alle eine Schiefertafel mit einem Griffel und einem Schwamm. Mit dem Griffel wurde auf der Tafel geschrieben, alles Falsche konnte mit Spucke oder mit dem Schwamm ausgelöscht werden. Aber es konnte auch in grobem Schabernack einfach verschwinden. Auf dieser Tafel wurde geübt, und auch die Schularbeiten wurden darauf gemacht. Nach Schulschluss konnte man die Dorfkinder in alle Richtungen nach Hause gehen sehen, auf dem Rücken den Tornister, wie die Leder- oder Papptasche hieß, und heraus baumelte der Schwamm, der mit einem Band an der Tafel befestigt war. Hier in dieser Schule lernte ich den Lauf der Sonne im Mittelgang stehend aufzusagen: „Im Osten, wo die Sonn aufgeht,

im Süden, wo sie mittags steht,

im Westen will sie untergeh`n,

im Norden ist sie nie zu sehn."

Vieles andere wurde mir hier beigebracht. Ich sah, wie mache Kinder, gebückt über die erste Bank mit einem Weidenzweig, den sie womöglich noch selber mitgebracht hatten, verdroschen wurden. Und wir alle mussten diesen Weidenzweig fürchten, wenn wir morgens die Hände ausgestreckt nebeneinander in der Bank saßen. Waren die Fingernägel nicht sauber, dann gab es einen unangenehmen Hieb. Ich erinnere mich nur an Lehrer, die körperlich gezüchtigt haben. Taten das die Frauen nicht, oder hatten wir nur Glück? Ich erinnere mich auch, dass wir auf den Bänken getanzt und laut gesungen haben. „Stalin ist tot! Stalin ist tot!" Aber hatten wir überhaupt schon eine Ahnung, wer das war? Zu dieser Zeit war es nicht ungewöhnlich, dass Kinder Läuse hatten. So kamen einmal zwei Damen, die uns in der Schule auf

Läuse untersuchten. Jedes Kind, bei dem Läuse oder Nissen gefunden wurden, ging anschließend mit einem weißgepuderten Kopf durch das Dorf nach Hause. Sensibler Umgang mit den Schülern war damals noch nicht angesagt. In dieser Schule erinnere ich mich an Krippenspiele, mit denen große Aufregung verbunden war. Ein weißes Gewand mit aufgeklebten goldenen Sternen und echten Gänseflügeln – so etwas hatte man damals noch - machte mich zu einem stolzen Engel. Später berichtete meine Mutter von der Anstrengung, die Sterne samt Kleber von dem Nachthemd zu entfernen. Das Kinderfest war das Sommerereignis und wurde von der Schule organisiert. Den Beginn machten die Wettspiele der verschiedenen Altersgruppen. Der König bekam eine Schultasche und die Königin einen Kleiderstoff. Sinnvolle Geschenke zu dieser Zeit. Dann folgte der Festumzug mit schmissiger Musik durch das geschmückte Dorf. Die Mädchen trugen zu zweit einen gebundenen Bogen aus Eichenlaub mit Blumen. Ich erinnere mich an Bartnelken und daran, dass dieser Bogen über Nacht in einer großen Zinkwanne lag, damit er frisch blieb. Die Jungen trugen hübsch gebundene Stöcke. Dies war nun der Auftritt der Sonntagskleidung für Jung und Alt. Das ganze Dorf war in Festtagsstimmung und alles im feierlichen Ausnahmezustand. Mein weißes Kleid, aus einer Gardine genäht, fand ich einfach himmlisch. In Erinnerung ist mir noch, dass zum Abschluss dieses Festes gemeinsam inbrünstig das

Deutschlandlied gesungen wurde. Für mich endete die Zeit in dieser Schule im April 1954, aber vorher wurde ich, ebenso wie ein anderer Junge, der auf eine weiterführende Schule sollte, ein halbes Jahr traktiert. Bei jeder kleinsten Gelegenheit hieß es: wenn du dies oder das nicht kannst, dann wird es nichts mit deiner Umschulung. Wir beiden Abgänger wurden mit Argusaugen verfolgt, was die Freude auf die neue Schule sehr in Grenzen hielt.

R.G.

Die Prüfung

Mangels Fuhrpark der Eltern, Fahrrad oder Buslinie trabte ich täglich drei Kilometer zu Fuß vom Annenhof über einen Feldweg nach Hohenhude zur Volksschule. Wir waren wohl 30 Jungen und Mädchen – überwiegend Flüchtlingskinder – die in einem einzigen Klassenraum für das Leben fitgemacht werden sollten. Hauptlehrer Hinrichs war für die oberen Klassen zuständig, während zwei Lehrerinnen, Frau Kippenberg und „Fräulein" Witzki, sich abwechselnd um die Klassen 1 - 4 kümmerten. Ich empfand die Grundschulzeit als sehr angenehm, was wohl auch darauf zurück zu führen war, dass es sich bei den beiden Damen um äußerst charmante Lehrkräfte handelte. Da machte das „Lernen" noch so richtig Freude. Der Unterricht aller 30 Schülerinnen und Schüler fand in einem einzigen Klassenraum statt. Wenn die „Großen" das heißt die älteren Jahrgänge der Klassen 5 - 8 unterrichtet wurden, mussten die „Lütten", die Klassen 1 - 4 mucksmäuschenstill sein, um die Älteren nicht zu stören. Genauso ging es natürlich umgekehrt, wenn wir dran waren, hatten die Älteren Sendepause. Das führte dazu, dass die jüngeren Jahrgänge den Lehrstoff der älteren mitbekamen und anderseits mussten die „Großen" sich den „Kleinkram" der „Lütten" immer wieder anhören. Wie das immer geklappt hat, ist mir bis heute ein Rätsel. Zucht und Ordnung musste natürlich sein, und so stand in einer Ecke des Schulraumes ein respektabler Rohrstock, der auch gelegentlich benutzt wurde.

Ich kann mich nicht erinnern, dass jemals ein Elternteil in irgendeiner Form gegen die Erziehungsmethoden der damaligen Lehrkräfte Protest erhoben hat. Gegen Ende des 4. Schuljahres hatte ich dann irgendwann die Idee, auf eine weiterführende Schule zu gehen. So entschloss ich mich, ohne meine Eltern von meinen Plänen zu unterrichten, eine Aufnahmeprüfung bei der 3. Knaben Mittelschule in Kiel zu machen. Die dreitägige Prüfung bestand ich mit „Bravour". Für meinen Aufsatz erhielt ich sogar die Bestnote „1". Vielleicht hätte ich Schriftsteller werden sollen! Von all diesen Aktivitäten ahnten meine Eltern nichts. Eine Woche verging, jeden Tag erwartete ich den Postboten mit der Nachricht über die bestandene Aufnahmeprüfung. Endlich war die Mitteilung da. Voller Freude lief ich mit dem Bescheid aufs Feld, wo meine Mutter gerade bei der Heuernte aushalf. Sie fiel aus allen Wolken, als ich ihr mit dem Zettel in der Hand eröffnete: „Ab übernächsten Monat gehe ich nach Kiel zur Mittelschule, zur höheren Lehranstalt." Sie war sehr stolz auf mich! Aber was mir eigentlich in den nächsten Jahren bevorstand, ahnte ich damals noch nicht. Der Aufwand war groß. Jeden Tag musste ich per Fahrrad 15 Kilometer nach Kiel zur Schule und natürlich die gleiche Strecke zurück fahren. Von April bis Oktober fuhr ich mit einem aus verschiedenen Einzelteilen zusammen geschraubten Fahrrad auf holprigen Straßen zur Schule. War schon eine sportliche Höchstleistung. Von November bis März fuhr ich wegen des miesen Wetters mit dem Bus. Da aber der Bus nur zwei Mal am Tag von Rodenbek aus nach Kiel fuhr, war der Zeitaufwand riesig. Vor allen Dingen dann, wenn ich am Nachmittag Unterricht hatte. Ein kleiner Zeitraffer macht das deutlich: Um 9.00 Uhr Abfahrt von Rodenbek nach Kiel. Schulbeginn 13.30 Uhr Schulende 18.00 Uhr Abfahrt per Bus nach Hause 18.45 Uhr. So war ich in den Herbst- und Wintermonaten rund zehn Stunden täglich wegen der Schulzeit unterwegs. Aber was soll`s, ich habe alles überstanden. Auch finanziell war die Mittelschule für uns eine beträchtliche Last. „Wie sollen wir das bloß alles finanzieren?" hatte unsere Mutter geklagt, als ich ihr von meiner bestandenen Aufnahmeprüfung erzählt hatte. Bessere Kleidung, Fahrtkosten, Schulmaterial und anderes schlug zu Buche. Da gab es für uns aber kein Problem. Alle Mehrkosten verdiente ich mir selbst, sei es durch Schrottsammeln oder Hilfe in den Ferien und der knapp bemessenen Freizeit bei den benachbarten Bauern während der Erntezeit. Durch die Heuernte, Kartoffelsammeln und ähnliche einfache Tätigkeiten, wie sie in der Landwirtschaft anfielen, kam so manche Mark zusammen. Mein erstes Taschengeld von den Eltern bekam ich übrigens erst im 10. (letzten) Schuljahr und zwar sagenhafte fünf Mark im Monat.

H.Z.

Mein Griffelkasten

Stell dir vor, ich hatte als Einzige in der 1. Volksschulklasse einen doppelstöckigen Griffelkasten. War ich stolz darauf. Auf dem Deckel prangte ein buntes Abziehbild, was es darstellte, hab ich vergessen. Aber die Funktion! Wenn ich den Schiebedeckel zurückzog, konnte ich die obere Hälfte zur Seite drehen. Und ein unteres Fach wurde frei. Ob ich Buntstifte hineinlegte – unwichtig. Oben kamen jedenfalls die Griffel hinein. Nein: Der Griffel und der Federhalter. Für die Feder gab es ein kleines Extrafach. Wenn ich in die Schule lief, klapperte es munter in meinem Ranzen. Viel brauchten wir ja nicht. Fibel, Tafel, Schwamm. Damit kamen wir die ersten 4 Jahre aus. „So haben Sie lesen, schreiben, rechnen gelernt?" Die jungen Mütter staunten ungläubig. Und heute? Unheimlich diese dicken Schulranzen – diese Zettelwirtschaft – die Papierverschwendung.

K.H.

Freidorf

Ostern 1952 wurde ich in die Freidorfer Schule eingeschult. Freidorf war eigentlich gar kein richtiger Ort, die Schule stand dort, weil sie aus Alt – und Neubülck, Eckhof und Scharnhagen gleich weit entfernt war. Der Schulweg betrug fünf km, zu Fuß eine ganze Menge. Waren die Felder abgeerntet durften wir eine Abkürzung über ein riesige Koppel nehmen. Und dennoch waren wir so früh in Freidorf, dass wir Fräulein Krichauff, unsere Lehrerin, abholten. Sie kam mit dem Fahrrad, später mit „Hilfsmotor", aus Strande, und wir schoben sie durch die Kuhlen und Matschlöcher im Freidorfer Wald. Ich ging gerne zur Schule. Für mich war sie eine unterhaltsame, gesellige Veranstaltung. Der Unterricht lief so nebenbei mit. Wie ich Lesen und Schreiben erlernte erinnere ich nicht, aber die Erzählungen der Lehrerin über ihr Examen vor dem strengen Schulrat und von ihrer schönen Heimat Ostpreußen sind mir noch gegenwärtig. In Sportstunden spielten wir „Räuber und Gendarm" im Wald, im Herbst gossen wir Futterglocken für die Meisen und im Winter bestückten wir den riesigen gusseisernen Ofen. Auch Strafen gab es, mit dem Haselnussstock. Auf die Finger oder den Po. Etwas Besonderes hatte sich Richard Pohns, der Schulleiter, einfallen lassen. Er drückte den Jungen ein Taschenmesser in die Hand und schickte sie los, ihren Stock selbst zu schneiden. Wenn der Zweig ihm zu dünn erschien musste der Delinquent gleich noch einmal los, einen stärkeren zu holen.

Man hatte ja viel Zeit. Außer Fräulein Krichauff und dem Rektor Pohns gab es noch den Lehrer Fago. Er übernahm uns in der 3. Klasse. Fago und Pohns hatten Lehrerwohnungen in der Schule. Aber auch bei Fago blieb Unterricht Nebensache, Vorbereitungszeit auf die Pausen. Das Vogelschießen war das Schulfest des Jahres. Bei den Wettspielen in einem der Freidorfer Jahre wurde ich König. Ich durfte als erster einen Preis auswählen – und allzu rosig waren wir nicht mit Spielzeug ausgestattet. Schon beim ersten Blick war mir klar: Das Fahrtenmesser sollte es sein. Mit einem Griff aus Horn und einer hellen Lederscheide. Wie Winnetou es trug. Aber das war bei weitem nicht der erste Preis, es gab Teureres, Nützlicheres auch, glaube ich. Aber allen Einflüsterungen und Zurufen widerstehend griff ich mir das Fahrtenmesser, Mutter, besorgt um meine Gesundheit, nahm es bis nach Hause in ihre Obhut. Dann musste Vater das „Mordinstrument" entschärfen. Er schliff es an einer Schleifmaschine stumpf und die Spitze rund. Das Messer hatte sofort mein Interesse verloren, lag herum und verschwand irgendwann. Später kaufte ich mir vom ersten selbst verdienten Geld in Finnland ein tolles Fahrtenmesser.

Fräulein Krichauff erzählte oft von dem Urwalddoktor Albert Schweitzer. Ich war ergriffen davon, wie der Arzt und Theologe sein ganzes Leben in den Dienst des Urwaldhospitals Lambarene stellte. Eine der Geschichten von Albert Schweitzer hieß: „Eine Ohrfeige zur rechten Zeit".

Ein Junge streckte gerade die Hand aus, um von einem Marktstand einen Apfel zu stehlen. In diesem Moment traf ihn die Ohrfeige. Ein Fremder hatte sie ihm verabreicht, sie war die Ermahnung, nicht zu stehlen. Nach diesem Prinzip verfuhr auch Fräulein Kriechauff. Gelegentlich setzte es Ohrfeigen oder auch Hiebe mit dem Rohrstock auf Hände oder Po. Selten war ich betroffen, aber der von der geliebten Lehrerin gehandhabte Stock war interessant. Nach dem 4. Schuljahr wurde er in die Volksschule mit Aufbauzug in Dänischenhagen umgeschult. In dieser Zeit baute Vater ein kleines Einfamilienhaus mit einer Werkstatt in Dänischenhagen. Ich bekam ein eigenes Zimmer. Welch Luxus. Die Volksschulklassen waren von Sitzenbleibern beherrscht, die, älter und stärker, ihre Macht ausübten. An den Unterricht in diesem Jahrgang erinnere ich mich kaum. Die Unterrichtsstunden dienten zur Vorbereitung auf die Pausen. Ich suchte den Schutz der älteren, stärkeren Schüler und begann, ein Auge auf die Formen der älteren Schülerinnen zu werfen. Den Rohrstock benutzte in Dänischenhagen nur der Rektor Bruno.

J.B.

Reisen in den Ferien?

Gab es Ferienreisen in meiner Kinderzeit? Etwa wohlgeplante Flüge in das Ausland zu Stränden mit großen Hotels, die direkt am Wasser lagen? Oder Abenteuerreisen von einer Lodge zur anderen? Nein, das alles gab es für uns nicht und dennoch waren Ferien so etwas wie eine ganz eigene Jahreszeit. Die Tage waren, auch wenn unsere täglichen Pflichten blieben, angefüllt mit Abenteuer und Spiel. Keinen Gedanken verschwendeten wir an morgen, denn morgen waren immer noch Ferien und der ganze Tag, durch den wir wehten, wie Schmetterlinge in der Sonne, gehörte wieder uns. Wir brauchten uns mit niemandem zu verabreden, denn unsere Spielkameraden wohnten in unserer Nähe und es gab ungezählte Möglichkeiten zum Zeitvertreib. Im Sommer war es nirgends schöner, als zu Hause. Wo durften wir so frei herumlaufen, wie hier? Deswegen mochten wir es auch nicht besonders, wenn im Sommer mal ein Besuch bei den Großeltern oder bei den Tanten in Lübeck geplant war, obwohl wir die sehr liebten. Sollte aber nun doch nach Lübeck gefahren werden, geschah das mit dem Zug. Auch als wir noch recht klein waren, wurden wir an unserer Bahnstation dem Schaffner übergeben, der ein Auge auf uns hielt und uns in Lübeck unseren Tanten übergab.

Im Winter, wenn es bei uns nicht so spannend war und der Tag früh endet, besuchten wir lieber unsere Verwandten. Hier zu Hause konnten wir toben, wie wir wollten und kamen abends mit blutigen Knien, aber glücklich und müde ins Haus. Irgendwann sollte ich in den Sommerferien verschickt werden. Verschickt, welch ein Wort? Hört sich das nicht an wie weggeben? Es ging also den Nebenhöhlen zur Liebe an die Nordsee, auf die Insel Juist. Da gab es alles nur noch in der Gruppe. Gruppentransport, Gruppenschlafsaal, Gruppenessen und Gruppenschwimmen. Es war sehr ungewohnt mit 18 Mädchen in einem Saal zu schlafen. Da mussten die vielen heißen Heimwehtränen auf der Toilette geweint werden - immer mit Blick zum rettenden Festland. Im Jahr danach machte mir ein Aufenthalt in einem Sportlerheim des Turnvaters Jahn mehr Freude. Wir waren aktiv und wurden nicht nur betreut. An eine Reise mit unseren Eltern dachten wir gar nicht. Es war außerhalb unserer Vorstellung. Schon deshalb vermissten wir es nicht.

R.G.

Badeerlebnisse

Endlich waren sie da, die langersehnten Sommerferien. Es war wie Weihnachten, man hatte es kaum erwarten können. Wenn keine Feldarbeit anstand, und solche Tage gab es gelegentlich auch, ging es, soweit das Wetter es zuließ, mit Begeisterung nach Hohenhude oder Wrohe an den benachbarten Westensee zu den dortigen naturbelassenen Badestellen. Einige Jungs hatten immer irgendwoher Autoschläuche besorgt, mit denen man herrlich im Wasser herumtoben konnte. Besonders beliebt waren die riesigen Schläuche von LKW Reifen. Es brachte viel Spaß, gelegentlich anderen Jungs einen Streich zu spielen, indem unbemerkt die Luft aus den dicken Schläuchen gelassen wurde. Durch die spezielle Bauweise des Ventils war es nicht möglich, den Schlauch per Mund wieder aufzublasen, und so ging mancher Knirps gegen Abend mit plattem Schlauch nach Hause. Mehrtägige Urlaubsreisen mit den Eltern in andere Gegenden Deutschlands oder gar ins Ausland kannte man auf dem Lande überhaupt nicht. Und so kam auch keine Wehmut auf. Wir waren alle rundum zufrieden und keiner konnte auf den anderen neidisch sein. Irgendwann war natürlich die schöne Ferienzeit vorbei, und gleich am ersten Schultag nach Ferienschluss hieß es dann seitens der Lehrer: „Jetzt schreibt jeder über sein schönstes Ferienerlebnis."

Mein vier Jahre älterer Bruder hatte dabei einmal ein weniger schönes Erlebnis zu berichten, welches aber ein glückliches Ende nahm. Die Tochter des damaligen Verwalters von Gut Annenhof, Helga Bastian, drohte an einem Ferientag an der Badestelle in Hohenhude zu ertrinken. Mein Bruder war glücklicherweise in der Nähe, hörte ihre Hilferufe und konnte sie im letzten Moment ans Ufer schleppen. War das eine Aufregung! Wir haben heute noch Kontakt zu Helga. Und sie erzählt oft und gerne diese tolle Rettungsaktion. Als ich später nach Kiel zur Schule ging, verliefen die Ferienzeiten eigentlich immer ähnlich. Nur eine Angelegenheit sorgte bei mir doch manchmal für Frust. Auch dort hieß es in der Schule nach Ferienende:

„Mein schönstes Ferienerlebnis."

Da die städtischen Eltern meiner Mitschüler überwiegend besser gestellt waren, konnten viele der Klassenkameraden tolle Feriengeschichten zu Papier bringen. Da war von Reisen ins Ausland die Rede, von Urlauben in Bayern, Zeltlagern auf der Insel Sylt und Aufenthalten in sonstigen schönen Gegenden Deutschlands. Ehrlicherweise muss ich zugeben, dass ich bei deren Schilderungen zunächst immer ein wenig traurig war, aber das hielt nicht lange an. Nie habe ich – auch nicht im stillen Kämmerlein – meinen Eltern einen Vorwurf gemacht. Es ging nun mal finanziell nicht. Besondere Höhepunkte waren in den Winterferien, soweit Schnee lag und Frost die Seen und kleinen Gewässer zu Eisbahnen hatten werden lassen, die Tobereien per Schlitten und auf Schlittschuhen. Auch Schneeballschlachten machten viel Spaß.

Besonders die Mädchen hatten unter den Schneekugeln häufig zu leiden. Hockeyschläger wurden nicht gekauft sondern Knicks abgesucht, bis man einen hockeyähnlichen Ast gefunden hatte. Als Puck diente eine platt getretene Milchdose, die auf der Eisfläche immer so schön schepperte. Mit Schal, Mütze und Handschuhen wurden zwei Tore markiert und dann drosch man drauf los, was das Zeug hielt. Mit so mancher Zerrung und Beule traten wir gegen Abend den Heimweg an, um am nächsten Tag wieder die Winterfreuden zu genießen. Viel Vergnügen machte auch das Schlittschuhlaufen auf so genanntem „Gummieis". Dabei handelte es sich um eine noch nicht ganz feste Eisdecke, die sich beim „Betreten" immer gefährlich bog. Nicht selten brachen wir bei solchen Mutproben bis zu den Knien im noch brüchigen Eis ein, und eine Strafpredigt blieb uns zu Hause nicht erspart. Auch die Winterferien gingen immer viel zu schnell zu Ende und was blieb: Das war das endlose Warten auf die Sommerferien.

H.Z.

Winterferien

Damals, als ich acht oder neun Jahre alt war, waren die Winter noch Winter. Schneewehen, so hoch, dass ich darin versank und das hieß: Auf zum Pferdeberg. Dieser Pferdeberg war natürlich nur ein kleiner Hügel im Erwachsenenauge – aber immerhin ein guter Schlittenberg. Er lag nicht weit von unserer Siedlung entfernt – aber die „Geilenbeck" lag dazwischen – und die war nicht zugefroren. Wenn wir nicht mehrere Schlitten zum Überqueren hineinlegen konnten, war dieser Bach für uns Mädchen unüberwindlich. Das hieß? Ein Umweg von zwei Kilometern. So kam es uns ja vor. Wenn wir erstmal da waren, rodelten wir bis in die Dämmerung – allerdings immer nur abwechselnd, denn einen eigenen Schlitten hatte ich nicht. Ich spüre noch meine Zehen immer kälter werden, und trotz der Fausthandschuhe waren meine Finger eiskalt. So stampften wir abwechselnd mit den Füssen und schlugen uns die Arme um den Leib, um wieder warm zu werden. Denn vor der Zeit wollte keiner nach Hause. Ein wenig Gefahr war auch dabei, denn im schönsten Dahinfliegen stellte sich ein Stacheldrahtzaun in den Weg. Zwar hatten die Jungen den unteren Draht schon irgendwie hochgebogen – trotzdem musste man sich schon ducken, um untendurch zu kommen. Und dann schnell wieder nach oben, den Schlitten abgeben. Und fragen, ob ich irgendwo anders mitfahren konnte.

Meine Nachbarin Ilse und ihre kleine Schwester waren mit mir unterwegs – wir fuhren Schlitten, bis es dunkel wurde – und weil die Mädchen eigentlich schon zu Hause sein sollten, nahmen wir die Abkürzung über die Geilenbeck. Schlitten rein und rüber – bloß Ilse rutschte in der Eile aus und lag im Wasser. Sie rappelte sich, auf und ich sehe sie noch bis zum Bauch im Wasser stehen. Im Galopp ging's nach Hause durch den hohen Schnee. Es war ja auch nicht mehr weit bis zur Schlesierstraße. Schuhe, Hose, Rock, Mantel, Mütze, Handschuhe – alles pitschnass. Am nächsten Tag: „Herr Schüler, ich soll Ihnen bestellen, dass Ilse fehlt, sie ist gestern in den Bach gefallen, und ihre Sachen müssen ja erst trocknen." Eine zweite Wintergarnitur hatte damals nicht jeder.

K.H.

Ferien im Zeltlager

Ferien? Mit wem, wohin? Wer bezahlt das? Mit Vater zusammen? Niemals. Meine Sehnsucht wurde geweckt, als ich „Zeltlager" hörte. Meine älteren Geschwister waren schon soweit. Sie durften hin. Freiheit – Abenteuer – Ferien machen! Woanders hinfahren – wie sehnte ich mich danach! Ich war noch „nicht alt genug". Aber mit 11 Jahren war ich endlich soweit! Ich durfte auch ins Zeltlager. Wittenborn! Mit Armin also, meinen drei Jahre älteren Bruder. Mit dem Bus nach Segeberg! (Heute eine halbe Stunde Autofahrt) Das kam mir schon weltweit entfernt vor. Dann – oh Abenteuer über Abenteuer. Umsteigen! Wie bekommt man denn dann den richtigen Bus für die Weiterfahrt!? Armin wusste es. Aussteigen in Wittenborn, dann. Fußweg zum Zeltplatz am Mötzener See. Armin wusste Bescheid. Mein großer Bruder. Durch den „Redder". Was ist das? Das ist ein beidseitiger „Knick", dazwischen ein Feldweg. Was ist ein „Knick?" Ein Wall mit Busch- und Baumbewuchs. Heiß war es. Denn es war Sommer. Mein Gepäck? Weiß ich nicht mehr – aber es war schwer. Muss ich Armin fragen, was wir denn so mit hatten. Ankunft: Endlich. Die Sonne brannte. An der Latrine über den Hügel – da liegen die Zelte vor uns am See. Anmeldung beim Lagerleiter. (war es schon graulich?) Was ist die Erinnerung vom 1. Mal? Es mischt sich mit den anderen Malen. Wir hatten gemeinsames Singen – draußen im Wiesengrund. Ich schäme mich, weil mein Bruder Armin Quatsch macht, extra falsch singt. Dann erinnere ich mich an ein anders Mal – das große, schwarze Riesenzelt war aufgestellt – die Märchenerzählerin war da. Die Märchenerzählerin mit dem französischen Namen. War engagiert für die Saison.

Alle. Alle. Also etwa 100 Menschen aus dem Zeltlager versammelten sich in dem großen schwarzen Riesenzelt. Von 10-15 Jahre – Mädchen und Jungs – die Betreuer dazu – die Rettungsschwimmer auch? Na, eine unübersehbare Menge. Das erste was sie tut, ist, sie teilt die Menge der Kinder in zwei Hälften. Dann befiehlt sie der ersten Hälfte „ja" zu schreien, der anderen Hälfte „nein" zu schreien. Welche Seite gewinnt wohl? Genau genommen gewinnt sie. Weil: Alles Wilde, Willkürliche, Mutwillige

- ist hinausgeschrieen

- weg – abgearbeitet.

Und sie – erzählt dann Märchen.

Und wir – lauschen.

Im Journal, in der Kieler Zeitung habe ich später von ihr gelesen. Sie ist damals nach dem Krieg, von Schule zu Schule gewandert – buchstäblich – gewandert – und hat – für 10 Pfennige pro Kind – Märchen erzählt. Jetzt, mein großes Vorbild. Für 10 Pfennige pro Kind Märchen erzählen. In dem Alter ungefähr war das Geld noch knapp. Also – genauer gesagt: Ich hatte keins. Aber – ich hatte ein

Fahrrad. Und Ferien – und ich kannte Wittenborn.
Und ich kannte inzwischen ungefähr den Weg.

Ich wusste auch, dass im Stroh – damals gab es
noch nicht diese unsäglichen Schaumstoff-
matratzen, die ekligen, verfleckten – damals gab es
das Strohlager – das nach einer Saison- ich glaube
– in Flammen aufging. Zwischen dem Stroh, unter
dem Stroh – gab es Pfennige zu finden. 1 Pfennige,
5 Pfennige, 10 Pfennige – nein – 50 Pfennige nicht.
Ich komme also am Ende der Saison an – keiner
mehr da – Abbau – Zelte weg – Stroh weg – und da
liegen sie, die verlorenen Schätze. Für 1 Mark 20
konnte ich mir ein halbes Pfund Kirschen kaufen.
Nie davor, nie danach haben mir ein halbes Pfund
Kirschen aus der Spitztüte, braun, so gut
geschmeckt! Abends nach Hause radeln. Habt ihr
das jemals erlebt? Es fängt an zu dunkeln – Es wird
kühler – Du hast nicht genug an – es fröstelt Dich.
Du hast noch einen Weg vor Dir – immerhin etwa
30 Kilometer. Der Nebel steigt, in den Senken
stehen die Kühe ohne Bauch. Nur Beine und Köpfe.
Im Wald wieder ein warmer Hauch. Ob die Eltern
schon auf Dich warten? Egal – ich glaub, die haben
andere Sorgen. „ Am Forsthaus bin ich also
vorüber. Nun noch ein ziemliches Ende strampeln."
War es das leichtgängige Fahrrad meines Vaters?
War es ein Damenfahrrad? Das weiß ich nicht
mehr. Plötzlich das Anwehen – das angeweht-
werden, des Fremdseins auf dieser Rücktour das
Nicht- dazugehören – zu niemanden in der Welt –
nur zu diesem einen „Zuhause", das so –

ungenügend war, wie ich es jetzt noch spüre –
nachfühlen kann, ganz nah! Das ist – „Damals".
Damals. Bei dieser Märchenerzählerin. Ich war so
fasziniert. So gefangen genommen. Damals habe
ich gedacht: „So möchte ich auch sein! So
zwingend. So klar. So bestimmend. So mächtig. Ja.
So mächtig. Gebietend. Erfolgreich." Das ist das
Wort: „Erfolgreich."

K.H.

Ein Sommertag in Timmendorf

Ein Bild aus frühen Tagen zeigt meine Eltern und mich in den Dünen sitzend, im Hintergrund die See. Meine Mutter trägt ein buntes Kleid, während mein Vater mit einer hellen Leinenjacke bekleidet ist. Auf meinem Kopf ruht das Kunstwerk eines geflochtenen Haarkranzes, der mich zusammen mit einem hellen Hängerkleidchen sonntagsfein aussehen lässt. Wo waren meine Brüder? Die ganz große Unternehmung einmal im Sommer führte uns an den Timmendorfer Strand. Aus unserem Dorf dorthin zu kommen war eine Riesenaktion, die auf sich genommen wurde, weil besonders für meine Mutter Sommer und Meer ganz fest zusammengehörten. Zuerst ging es per Bus nach Lübeck. Bedrückende Enge empfand ich in dem Bus. Ich musste unentwegt hochgucken, weil alle Leute so groß waren. Dann wurde nach Timmendorf umgestiegen, bepackt mit allem, was nötig war für so einen Strandtag, der für uns Kinder so viel Neues und Ungewohntes bereithielt. Da nahm man das Proviant für den ganzen Tag mit, denn seinerzeit gab noch keine Buden und keine Restaurants am Strand. In einem Blechbehälter hatten wir eine Speise mitgenommen. Nach dem Essen sollte dieser Behälter nun zusammen mit einem kleinen Silberlöffel in der Dünung abgewaschen werden, aber der Löffel verschwand plötzlich mit einer Welle im Meer.

Wie war das dumm und ein echter Verlust, denn alles war noch sehr knapp. Nun hieß es warten in der Hoffnung, eine Welle würde uns diesen kleinen Löffel wieder vor die Füße spülen. Und tatsächlich. Plötzlich blinkte etwas im Wasser und nach mehrmaligem Greifen hatten wir den Löffel in der Hand. In Zukunft hing an ihm dauerhaft die Erinnerung an diese Begebenheit. Und was machten wir dort am Strand? Alles war fremd und neu. Mit offenem Mund haben wir Dorfkinder die vielen Menschen bestaunt. Zu gerne wollte ich auf die Seebrücke gehen, aber da gab es ein großes Hindernis für mich. Ein riesiger Eisbär lief am Strand auf und ab, nahm die Kinder in den Arm und ließ sich mit ihnen fotografieren. Wie beim Weihnachtsmann, da war mir das auch schon immer unheimlich gewesen. Die Vorstellung von diesem unbekannten Etwas in den Arm genommen zu werden, ließ mich erschaudern. Einen großen Bogen habe ich geschlagen, um diesem Bären aus dem Weg zu gehen. Seither ist Timmendorf mit der Erinnerung an diesen Eisbären eng verknüpft.
Wie gut kann ich Kinder verstehen, die sich vor dem verkleideten Weihnachtsmann fürchten. Ist er nicht der Bruder des Eisbären?

R.G.

Radtour nach Sylt

Hier seht ihr mich mit einer Freundin auf Römö – Silke – oder wie sie hieß. Perfekt gestylt. Man beachte meine Skihose. Mit messerscharfer „Bügelfalte" – sie war eingenäht. Natürlich von mir. Der „letzte Schrei" in dem Jahr. Gabardine – also dunkelblaue Schurwolle. Die Beine bis runter zu den Füssen – unten – ein Steg, der die ganze Sache unter Spannung hielt. Diese Hose hatte ich im Gepäck für besondere Gelegenheiten. Also in der Satteltasche. Und in der Jugendherberge unterm Kopfkissen. Der Kurzarmpullover war auch „letzter Schrei" (Lambswool) Darunter zeichnet sich mein selbst genähtes Strandoberteil ab – vorne geknöpft. Also quasi – Bikini. Die gehäkelte Basttasche erinnere ich gar nicht mehr – war das meine? Und was das Kleidungsstück über meinem Arm ist – ich weiß es nicht mehr. Jedenfalls wurden wir von einem dänischen Fotografen entdeckt und erstaunlicher Weise hat er einen Abzug an uns wirklich geschickt. Schon damals – mit Tuch im Haar und – man beachte die dreiteilige Kette – ich glaube, es waren Holzperlen. Die Uhr am Handgelenk hatte ich mir von dem Geld gekauft, das ich für ein Wochenende Kinderhüten verdient hatte. Der Fotograf wollte uns so stehen haben. Diese Radtour alleine durch Schleswig-Holstein hat schon alle Elemente von allen folgenden Reisen, die ich allein unternommen habe. Von meiner Seite aus: Das Loswollen. Widerstände überwinden. Ein Ziel setzen. Darauf drängen, dass es Wirklichkeit wird. Mit wenig Geld zufrieden sein. Mit Vertrauen losfahren und alles in Kauf nehmen, was am Wege liegt. Kraft einsetzen – auch gegen den Wind. Mit einem Herrenrad fahren, ohne Gangschaltung. Ohne Karte den Weg finden. Nichts vorher festlegen. Nur das nächste Ziel vor Augen haben. Meine Eltern gaben mir „Essensgeld" mit – ich glaube es waren 45 Mark. Einen Herbergsausweis hatte ich wohl, denn ich wollte auf dem Wege ja in Jugendherbergen übernachten. In Marne wollte ich bei Großmutter schlafen – und war wohl auch angemeldet. In Meldorf wurde ich privat beherbergt – auf dem Wege traf ich ein Mädchen, auch mit dem Rad unterwegs, das mich zu sich einlud. Ich erinnere, dass die Eltern sich Zigaretten mit einem Apparat selber stopften. Einen weiteren Tag blieb ich – ausruhen in einer Wiese voller Blumen und Käfer. Heißer Sommertag. Aber dann wollte ich weiter. Die Allee vor der „Hölle" bei Heide – Kastanien, schön schattig – aber Kopfsteinpflaster, mühsam. Damals gab es noch keinen Radweg und die Autofahrer hatten Zeit zum Winken. Die netten Jugendherbergseltern in Friedrichstadt. Die Zeichnung vom Kirchturm habe ich noch lange aufgehoben. Das Fahrrad konnte ich nicht mit auf die Insel nehmen, das hätte ja extra gekostet. Ich habe es der Kirchenmauer in Niebüll anvertraut. Ein Schloss hatte ich nicht – aber das Vertrauen darauf, dass das Rad noch dastehen würde, wenn ich nach 2 oder 3 Nächten wiederkäme, ganz nach der Entwicklung der Reise. Nun muss ich erstmal

Schluss machen – morgen müssen wir ja früh aufstehen, weil wir zeitig losfahren wollen. Auf Sylt wollte ich in List ein paar Tage in der Jugendherberge verbringen – ehemaliger Fliegerhorst aus dem letzten Weltkrieg – jetzt erst 16 Jahre her. Schloss gleich Freundschaft mit Silke, die in der Herberge saubermachte und dafür dort wohnen durfte. Eine Klassenkameradin aus Neumünster staunte: „Was, ganz allein durftest du unterwegs sein, mit dem Fahrrad?" Mir kam das selbstverständlich vor. Am 3. Tag kamen neue Jungen an – ich war zufällig dabei, wie unmöglich der Herbergsvater sie behandelte – da wollte ich auch nicht länger bleiben. Sogar Silke hatte die Nase voll von diesem Kerl. Wir zogen kurzerhand an den Strand. In der Nacht stellten wir zwei Strandkörbe zusammen und hatten eine herrliche Zeit. An viel Schlaf war nicht zu denken. Nun war ich so frei, auch noch mal zur Südspitze zu trampen – nur mal sehen, wie es da ist.

Ein Sportflitzer hält. Mit einem Herrn, wohl etwas älter (40 oder so). Will mir etwas zeigen – schöne Aussicht auf der hohen Düne – ich völlig ahnungslos – liege ein wenig in der Sonne – küsst der Kerl mich! Igitt – eklig – so ein alter Knacker – was bildet der sich denn ein!? Ich wutentbrannt zum Auto zurück – meine Sachen geschnappt und weg – da halfen alle Beschwichtigungsversuche nichts.

Am Abend setzte ich mich in die „Kupferkanne." Von dem Lokal hatte ich irgendwie gehört, dass das ein „Muss" ist. Ins Gespräch kam ich mit einem

Vom dänischen Fotographen entdeckt

netten, jungen Mann, der mich für 18 hielt! Hört, Hört – so selbstbewusst wie ich war. Die Nacht habe ich in den Dünen hinter dem Lokal verbracht. Um meinen schweren Baumwollschlafsack hatte ich einen dünnen Plastikschlauch – gegen etwaigen Regen, denn die Wolken hingen schon sehr tief. Es war einsam, schön und ein wenig unheimlich, so alleine im Dünengras mit den jagenden Wolken über mir. Unvergesslich: einsam, schön, unheimlich. Von der Rückreise habe ich keine Erinnerung mehr – das Rad stand wohlbehalten an der alten Stelle.

Ich muss wohl mit der Bahn nach Hause gefahren sein – das Rad im Gepäckwagen. 10 Tage abenteuerlich genug. Und am Ende der Sommerferien wurde ich 15 Jahre alt.

K.H.

Missgeschick

„Wie gewonnen, so zerronnen"

Bevor der Kachelofen im Wohnzimmer gesetzt wurde, mit Warmluft in die Schlafzimmer, gab es dort nur einen kleinen Brikettofen.

Wisst ihr? So einer mit braunglänzender Glasur. Oben mit so einem klappbaren Deckel, damit man sich am Gusseisen nicht verbrennt. Ich spielte noch mit Puppen. Meine war eine Babypuppe mit „Schlafzimmeraugen." Aber ich begehrte die Puppe meiner großen Schwester. Die hatte gerade Beine und eine „richtige" Schneckenfrisur. Perlmutt-glänzend. Nun besaß ich sie endlich. Nach zähem Ringen hatte ich sie endlich eingetauscht. Was ich dafür hergeben musste? Ich glaube, es war ein Puppenschrank, den mein Großvater geschreinert hatte. Stundenlang haben wir mit Puppen gespielt. Anziehen, Ausziehen, zur Schule gehen, Hefte basteln, Kleider nähen, Ausschimpfen, Verhauen, ins Bett bringen, Lieder singen, alles, was ein Puppenleben so ausmacht. Essen mit Puppengeschirr und Puppenbesteck. Ich sehe es förmlich vor mir: Die roten Röschen auf den Tassen, die zierlichen Henkelchen, der gepunktete Reliefrand beim Besteck.

Mutti hat auch ordentlich geheizt, mein Rücken ist angenehm warm.

PUFF!!!

Meine schöne Puppe hat sich in eine stinkende Wolke aufgelöst. Weg!

Wer hat sie denn auch auf dem Ofen stehengelassen!?

All mein Heulen hat meinen Puppenschrank nicht wieder zurückgebracht. Später blieb er einfach stehen, als meine Schwester Hanna wegzog.

K.H.

Die Kellertür

Der erste Winter im neuen Siedlungshaus war weiß, weiß, weiß.

Herrlicher, lockerer Schnee. Lange habe ich draußen gespielt – ich bin kalt geworden, ich muss mal, ich will rein.

Wir Kinder dürfen nur durch den Keller ins Haus.

Abgeschlossen.

Wieso ist er abgeschlossen? Er ist doch sonst immer offen.

Ich rüttle an der Klinke. Ich bollere gegen die Tür. Nichts. Ist denn keiner da? Wo sind sie denn alle? Vor Verzweiflung fange ich an zu weinen. Das kann doch nicht wahr sein. Plötzlich dämmert es mir: Ich habe die falsche Kellertreppe erwischt! Weil alle Häuser gleich aussahen – und die Gärten waren noch nicht angelegt. Na, gerade noch rechtzeitig. Nun schnell ins Warme.

K.H.

Lederhaut und Daumenschmaus

Krankheit, das Wort hat bis heute keine Bedeutung für mich – ich versuche jedenfalls den Begriff zu verdrängen, obwohl ich diesbezüglich diverse schlimme Dinge überstanden habe und dem Tod von der Schippe gesprungen bin. Ich kann mich kaum daran erinnern, in meiner Jugendzeit die üblichen Kinderkrankheiten wie Masern oder Ähnliches gehabt zu haben. Wahrscheinlich liegt das daran, dass ich mit gesunder Ernährung aufgewachsen bin und mich immer bemüht habe, viel Sport zu treiben und selbst in jungen Jahren schon immer eine positive Einstellung zum Leben gehabt habe. Gelegentlich kam unser Hausarzt Dr. Klose aus Blumenthal zu einem Routinebesuch, aber meist war sein Erscheinen überflüssig, denn Mutter hatte mit den üblichen Hausmittelchen den Schaden schon behoben. Natürlich gab es auch mal eine Schramme. Insbesondere die Füße hatten trotz Lederhaut einiges auszuhalten, denn überwiegend liefen wir von Mai bis August/September barfuß durch die Gegend. Glasscherben, Holzsplitter oder auch ein spitzer Stein fühlten sich anscheinend sehr wohl in meinen Fußsohlen. Ich war gerade 12 Jahre alt, als ein Anblick mich zutiefst erschreckte und mich erstaunen ließ. Mein lieber Onkel Gustav, der ja mit seinem kleinen Bauernhof Zielpunkt unserer Flucht aus Pommern gewesen war, starb im Alter von 61 Jahren an Magenkrebs. Mit 12 Jahren eine Leiche zu sehen ist an sich schon ein schlimmes Erlebnis,

Auf Onkel Gustavs Hof

aber erstmals einen lieben Verwandten, abgemagert bis auf die Knochen, dahinsiechen zu sehen bis zu dem erlösenden Ende, beschäftigte mich lange. Hunde sind für viele Leute sehr liebe Tierchen, man sollte ihnen aber gelegentlich nicht zu nahe kommen. Ich werde es nicht vergessen: Da hatte sich der Hund von Onkel Gustav – ein weißer, gutmütiger Spitz - derart mit einem Nachbarhund in die Wolle gekriegt, dass sich ein zufällig vorbeikommender Landarbeiter genötigt sah, die beiden Kampfhähne zu trennen. Er ging also dazwischen – und schwupps – die Trennung klappte, aber sein linker Daumen war weg. Heute würde man deswegen zu Gericht gehen. Das war aber damals kein Thema. Der nun daumenlose Helfer hat später den Maurerberuf erlernt, und kam mit den vier Fingern gut zurecht.

H.Z.

Kleine Narben

Woher kommt die Narbe an deinem Kinn? Eine Kindernarbe ist das, eine Landkindernarbe. Auf dem Gelände des Hofes, auf dem wir aufwuchsen, gab es unzählige Möglichkeiten zu spielen. Gefährliche wie auch ungefährliche. In einem Quartier hinter dem Kuhstall gab es tiefe Silos, deren oberer Rand auf Erdbodenniveau lag, und wir hockten zu gerne da, um mit Steinen nach Mäusen zu werfen, die tief unten auf dem Beton herumliefen. Eines Tages hatten wir uns wieder an dieser Stelle zusammengefunden. Den Geruch von Silo in der Nase, erspähten wir unsere Opfer in der Tiefe. Das sollte das letztemal gewesen sein, denn ich erwachte, als unsere Hausärztin dabei war, die Wunde an meinem Kinn zu nähen. Was war passiert? Ich hatte das Gleichgewicht verloren, war in das vier Meter tiefe Silo gefallen und lag bewusstlos am Boden. Ein eilig herbeigerufener Helfer trug mich auf einer Leiter nach oben. Gehirnerschütterung. Strenge Bettruhe. Und das mitten in den Sommerferien für eine lange Zeit. Das war eine harte Verordnung für mich. Wenn das Wetter schön war, wurde ich auf einer Liege durch ein Fenster hinausgereicht, um an der frischen Luft zu sein. Ich fand es schrecklich, so lange stillzuliegen, nicht lesen und nicht spielen zu dürfen. Eigentlich gesund. Aber eines Tages war die Bettruhe, vorüber und ich genoss das Herumtollen wieder. In Zukunft machte ich einen Riesenbogen um die Silos. Das Spielen dort hatte sich erledigt. Die Narbe am Kinn erinnert an

Silogeruch, an Mäusejagd und an die Sommerferien im Winter.

R.G.

„Bitte nicht klopfen, Hausherr schläft"

Meine Stimmritze schließt nicht. Habe ich feststellen lassen beim HNO in Flintbek. Wieso? Weil ich nun auch noch Märchenerzählerin werden will. Und dazu brauche ich eine ermüdungsfreie Stimme. Klar, tragend, ohne heiser zu werden. Zu diesem Zweck lasse ich mir Therapiestunden verschreiben. Nach „Schlaffhorst-Anderson." Diese beiden Frauen haben so um die Mitte des 19. Jahrhunderts herausgefunden, dass jeder Mensch sein ureigenes Schwingungsmuster hat. Wenn ich durch irgendwelche Ereignisse im Leben aus dem Gleichgewicht geriet, kann es wieder ins Gleichgewicht gebracht werden.

Ich befinde mich in der Serie zwei mal zehn Stunden bei Frau Karnatz. Sie knetet von unten meine Wirbelsäule durch und bittet mich dann auf die Matte. Mein linker Fuß hat eine Blockade gezeigt. „Ich bringe ihre Hüfte in eine leichte Schaukelbewegung", sagt sie. Plötzlich stehe ich im engen Hausflur in Gadeland. Mein Vater ist vom Mittagsschlaf aufgewacht und stürzt wie ein wütender Stier auf mich los. Schlägt mir ins Gesicht und schreit und schlägt weiter auf mich ein. Ich mache mir vor Schreck, Angst und Schmerz in die Hose und weine laut. „Hörst Du sofort auf zu heulen!?!" Ich bin doch nur ganz leise von der Veranda durch die Küchentür geschlichen, um auf die Toilette zu gehen. Kein anderer ist im Hause. Keiner, der mich in Schutz nimmt. Keiner, der mich tröstet. Im Kellerwinkel berge ich mich und schluchze noch lange vor mich hin. „Ich bin Therapeutin für Atem, Stimme und Bewegung", höre ich an mein erwachsenes Ohr dringen. „Versuchen Sie, ob Sie Ihr Schreien in Summen umwandeln können." Ich summe und summe und nun summe ich mein eigenes Trostlied für die kleine Karin, endlich. Diese Blockade ist gelöst. Ich habe es kontrollieren lassen. Die Stimmritze schließt. Der Fuß fällt in seine natürliche Stellung. Und nun ist mir klar, was der Volksmund weiß: „Der Schreck ist mir in die Glieder gefahren."

Danke an Frau Karnatz.

K.H.

Begegnung mit dem Glauben

Wie elektrisiert schaue ich auf die Bilder des Buches, das mir eine Freundin entgegenhält. Sie ist fasziniert und berührt von den hübschen Bildern dieser biblischen Geschichten, die sie aus dem Nachlass ihrer Schwester hat. Deswegen zeigt sie es mir. Vierzig Jahre hat dieses Buch ein Schattendasein geführt. In einem Keller verborgen. Und ich? Wie oft habe ich an diese Bilder gedacht, an dieses Buch mit den biblischen Geschichten, aus dem wir oft abends vorgelesen bekamen. Nie wieder hatte ich diese Bilder gesehen und doch immer wieder nach ihnen gesucht. Irgendwo musste das Buch doch zu finden sein. Alle Kinderbibeln, denen ich begegnete, hatten nicht diese besonderen, mit leichter Hand gezeichneten Bilder. Heute, nach sechzig Jahren begegne ich ihnen wieder, wie ganz vertrauten Bekannten. Erinnerungen an die heimelige Atmosphäre, in der die biblischen Geschichten vorgelesen wurden werden lebendig. Die ersten Fragen nach Gott, nach den Engeln und dem Himmel steigen auf. Das Vorlesen war es nicht allein, es wurde auch danach gelebt. Nach dem Gebet. Immer wieder konnte unser Vater ärgerlich werden, wenn wir es an Respekt fehlen ließen, grob zueinander waren oder Mein und Dein auch schon bei den kleinsten Dingen verwechselten. Da verstand er keinen Spaß, er, der sonst so geduldig mit uns war. Es waren also nicht allein die biblischen Geschichten, es war auch das Beten, das zum festen Abendritual gehörte. Lange beteten wir für einen geliebten Onkel, der nach der Gefangenschaft schwer an Kinderlähmung erkrankt war. Als die Aussicht auf noch mehr Besserung erschöpft war, wurde die Situation besprochen und dieser Passus verschwand aus unserem Abendgebet. War das Akzeptanz? Das Beten war uns ebenso vertraut wie der Gottesdienst in der Kirche. Besonders mit dem Kirchgang ist ein Erlebnis verbunden, bei dessen Erinnern mich lange die Schamröte überfiel. Ich war neun Jahre alt und saß mit meinen Eltern in der Mitte einer vollbesetzten Kirche. Als der Pastor laut und vernehmlich fragte "Sollen wir dieses Kindlein taufen?" antwortete ich mit einem ebenso lautem und deutlichem „Ja" als einzige in der ganzen Kirche. Warum hatten die anderen dem Pastor nicht geantwortet? An der Reaktion der Umsitzenden merkte ich, dass irgendetwas falsch war. Aber was nur? Wie war das unangenehm. Ich spürte es fast körperlich. Der Pastor hatte sicher nur die Eltern und Paten gemeint, deren Antwort wir nicht hören konnten. Wenn ich heute von meinen Enkeln gefragt werde, „Omami, warum beten wir?" dann kann ich ihnen aus eigener Erfahrung sagen, dass es gut ist ein Gegenüber zu haben, bei dem Dank und Bitte aufgehoben sind. Ich kann versuchen ihnen das in mich gepflanzte Gottvertrauen weiterzugeben und ihnen vermitteln, dass Danken und Bitten gelernt sein will genauso wie der Respekt der Schöpfung und den Mitgeschöpfen gegenüber.

R.G.

Der liebe Gott sieht alles, hat mich aber nicht verpetzt.

Aufgewachsen bin ich in einem sehr christlichen Elternhaus. Vorbild war mein Vater – er kannte nur ein Hobby – die Kirche. Er gehörte einer evangelischen Freikirche, „Pfingstjubel" genannt, an. Es gab keinen Sonntag, an dem er sich nicht „fein" machte und per Fahrrad nach Kiel in die Körnerstraße fuhr, wo die Gemeinschaft einen Saal gemietet hatte. Weder Regen, Schnee noch Kälte konnten ihn davon abhalten, sonntäglich dorthin zu fahren. Etwa bis zu meinem 12. Lebensjahr bin ich gerne mitgefahren, ohne vom Vater gedrängt worden zu sein. Die Gemeinde bestand aus etwa 50 Personen, der Pastor wurde von den Mitgliedern selbst entlohnt. Es herrschte dort eine sehr gute, familiäre Atmosphäre, was sich auch dadurch ausdrückte, dass der Pastor zu bestimmten Anlässen wie Geburtstagen zu uns nach Hause kam, um zu gratulieren. Dabei wurde dann über viele religiöse Dinge gesprochen, fröhlich gesungen, gebetet und natürlich auch eine gute Tasse Kaffee getrunken. Es war irgendwie anheimelnd. Durch die christliche Gesinnung meiner Eltern war es natürlich bei uns üblich, dass bei allen gemeinsamen Mahlzeiten vorher gebetet wurde. Irgendwann kam dann auch der große Tag meiner Konfirmation. War das eine freudige Aufregung! Einladungen wurden verschickt, Essenspläne vorbereitet und ich bekam zum ersten Mal einen Anzug nebst einem schicken Hemd mit

Krawatte. Stolz bin ich damit durch die Gegend gewandert!

Konfirmation 1955

Jeder sollte sehen, wie gut ich darin aussah. Alle Verwandten, die irgendwie greifbar waren, bekamen eine Einladung, und so wurde meine Konfirmation zu einem unvergesslichen Familienfest. Außer Taschentüchern und vielen sonstigen unnützen, aber sicher gut gemeinten Geschenken bekam ich auch insgesamt sechzig Mark an Bargeld. Das war für mich eine wahrhaft stolze Summe. Zwei Tage später kaufte ich mir davon meine erste Armbanduhr, die immerhin für zwanzig Jahre meinen Arm zierte. Voller Stolz trug ich diese Uhr immer sichtbar umher und es gab keine Person, die ich nicht fragte, ob sie nicht wissen wolle, wie spät es sei. Bei dieser Gelegenheit fällt mir ein Betrugsmanöver ein, das ich an dieser Stelle berichten möchte. Es war während der zweijährigen

Konfirmationszeit notwendig, mindestens zweimal im Monat auch den Gottesdienst am Sonntag zu besuchen. Wir bekamen zu Beginn der Konferzeit ein kleines Büchlein, in dem per Stempel dokumentiert wurde, wann man einen sonntäglichen Gottesdienst besucht hatte. In den zwei Jahren mussten also mindestens 48 Stempel in dem Büchlein vorhanden sein. Das war mir aber doch zu viel Zeitaufwand! Die meisten Stempel der Besuche erschlich ich – aber wie? Das wird an dieser Stelle nicht verraten, auch wenn der liebe Gott alles sieht, er verpetzt mich nicht!

H.Z.

Malwettbewerb im Kindergottesdienst

Das Geschichtenbüchlein habe ich nach Istanbul mitgenommen, um nach unserem „Tagewerk" auch noch ein wenig zu erzählen von alten Zeiten. Mit dem Joghurtdeckel auf meiner sonnendurchglühten Stirn, auf dem Bette liegend nach hunderten von Störchen, Adlern, Mönchsgeiern, Fischadlern – Bussarden und was wir sonst noch auf dem Frühjahreszug über dem Bosporus haben fliegen sehen, ermüdet, kam mir folgende Begebenheit in den Sinn. Sozusagen vors innere Auge. „Karin, Karin, Du musst schnell noch beim Malwettbewerb teilnehmen!" Beate – meine Freundin mit den starken, widerborstigen, schwarzen Haaren und der starken Brille kommt am Sonntagvormittag um neun Uhr zu mir gestürmt.

„Was ist es denn, was wir malen sollen?"

„Jesus auf dem Ölberg, wie Judas ihm den Kuss gibt vor den römischen Soldaten!"

Also gut: Zeichenblock her – ist noch ein Blatt drauf – Bleistift – passt – was also gehört aufs Bild? Palmen, weil Süden, römischer Soldat mit Schwert – wie sieht der aus? Meine Brüder haben Sammelbücher mit Margarinebildern – Detlev hat oft daraus kopiert – Ritter – Kämpfer – Römische Soldaten – da habe ich eine Vorlage. Jesus stelle ich so von hinten dar – (ich weiß ja nicht, wie er aussieht) - Judas kommt von der Seite, der Soldat auf der anderen Seite.

Ich arbeite unter Hochdruck. Die Figuren wirken etwas steif, aber es waren ja auch die ersten Menschen, die ich vollständig darstellte. Um kurz vor elf war ich fertig und ging mit meinem Werk zum Kindergottesdienst zu Pastor Schmidt am Hünengrab, drei Minuten von uns. Da waren die vorläufige Kirche und das Gemeindehaus in Gadeland. Beate war überzeugt davon, dass mein Bild den 1. Preis erhalten würde – denn so, wie ich, konnte das bestimmt kein anderer. Von einem Preis war nie die Rede und von dem Bild habe ich nie wieder etwas gesehen. Es steht nur vor meinem inneren Auge, weil ich noch vor mir sehe, wie ich es gezeichnet habe. Viele Jahre später treffe ich Beate wieder und wir kommen auf dieses Thema. „Pastor Schmidt hat es nicht mit in die Wertung genommen, weil er meinte, dein Bruder hätte es für dich gezeichnet." „Meine Brüder hätten es für mich gezeichnet! Pah – die kannte er doch!" Da war ich 10 Jahre alt. Armin 13 und Detlev 16 Jahre alt. Mit Pastor Schmidt bin ich noch nicht fertig. „Kindergottesdienstausflug zum Koppelsberg." Ich bin 12 Jahre alt, meine kleine Schwester ist 2.„Karin, am nächsten Sonntag ist Kindergottesdienstausflug!" Beate war wohl jeden Sonntag da, sie wusste jedenfalls Bescheid. Am kommenden Sonntag sollte ich aber auf meine kleine Schwester aufpassen, den ganzen Tag. Alle anderen aus der Familie waren weg. Eltern, ältere Geschwister – alle, das ganze Wochenende. Christiane noch in den Windeln. Ich wollte aber doch so gerne mitfahren! Mit all den Freundinnen dabei sein. Ich dachte an Jesu Wort: „Lasset die Kinder zu mir kommen. Eines Mehr macht doch auch nichts weiter aus." gedacht – getan Ein paar Windeleinlagen für Christiane in den Turnbeutel gestopft, die 2 Mark Fahrgeld hatte ich auch irgendwie und in den Bus eingestiegen. Christiane erinnert sich noch deutlich an diese Reise. Ich erinnere mich eigentlich nur an den nassen Kragen, den ich von der durchnässten Windel kriegte, weil ich Christiane auf dem Spaziergang natürlich auf die Schulter nehmen musste. Und Christiane erinnert sich an den Windelwechsel – vor aller Augen, wie sie meint. Na ja, es war dann ja alles gut gegangen und keiner hat was gemerkt von meinem Ungehorsam. Dachte ich. Eine Woche später kam der große „Anschiss" von meinem Vater. Wie konnte ich, und ich hätte doch und wieso... ich sollte doch...Wie konnte mein Vater denn bloß hinter die Geschichte gekommen sein!? Er hatte doch mit der Kirche nie etwas am Hut! Höchstens mal zu Weihnachten! Meine Mutter hat's mir erzählt   : Pastor Schmidt war auch in der Berufsschule tätig und hat zu meinem Vater gesagt: „Die Kirche sei keine Kinderbewahranstalt." Wie konnte ich mit meinen 12 Jahren wissen, dass mein Vater einen solchen Kollegen hat!

Mutti, betest du noch mit mir?

Der einzige Moment am ganzen Tag, an dem ich meine Mutter für mich hatte, war beim „Gutenachtgebet." „Muttiii? Kommst Du noch beten?" Meine Schwester Hanna und ich im kleinen Zimmer mit den Schrägen. Sie unter der einen Schräge, ich unter der anderen. Gewaschen, im Nachthemd, wartend. Und dann kam es, mein Gebet:

„Müde bin ich, geh zu Ruh,

schließe beide Äuglein zu.

Vater, lass die Augen Dein,

über meinem Bette sein.

Hab ich Unrecht heut getan,

sieh es, lieber Gott nicht an.

Alle Menschen, groß und klein,

mögen Dir, lieber Gott, befohlen sein.

Amen

Und dann dieses köstliche, unwiederbringliche herrliche Eingewickeltwerden.

Meine Mutter musste dann die Decke ganz fest an allen Seiten unterstopfen, bis ich so fest gewickelt war, wie eine Mumie. Und dann kam vielleicht noch ein Lied, wie, „Der Mond ist aufgegangen" oder „Weißt Du wie viel Sternlein stehen" oder „Schlaf, Kindlein schlaf, da draußen stehn zwei Schaf" oder „ Guten Abend, gute Nacht, mit Englein bewacht..."

Und der Schalter wird ausgeknipst. Der Schalter ist immer noch derselbe im Hause meiner Mutter. „Runter – rauf:"

„Aus an."

Mein Vater ist nie gekommen – dem musste ich nur ab und zu die gewaschenen Füße vorzeigen – und Hände – und Knie. Bloß einmal kam er hoch, weil noch Licht war. Meine Mutter war wohl zum Malkurs gegangen, zu Herrn Stelling – bekannter Kunstmaler in Neumünster. Ich lag noch wach und las unerlaubter Weise. Da habe ich mich schnell schlafend gestellt. Hab ich wohl überzeugend hingekriegt – er schaltete jedenfalls das Licht aus und ging wieder runter. Das war schon in der Zeit, als ich mit Hanna und Christiane im größeren Zimmer schlafen musste.

K.H.

Musik

„Lüttes, hör auf zu singen, das kann man ja nicht aushalten!" Das riefen meine musikalischen Brüder so manches Mal. Dabei sang ich doch so begeistert und es kränkte mich sehr. Ich zahlte ihnen diese Beleidigung heim, indem ich im Advent immer bewusst falsch sang: segnet den Vater die Mutter das Kind. Diese völlig falsche Betonung brachte sie auf die Palme. Auf diesen faux pas würden sie heute noch hereinfallen. Natürlich schaute ich sie dann immer abwartend an, und prompt kam je ein überaus genervter Gesichtsausdruck oder ein Kopfschütteln.

In meinem Elternhaus wurde viel gesungen. Als wir noch ganz klein waren und früh ins Bett mussten, hörten wir im Sommer abends unsere Eltern mit gleichgesinnten Freunden singen. Sie saßen unter einer Linde und durch unsere geöffneten Fenster wehte das vertraute Geräusch des Gesanges mit der Lautenbegleitung.

Singen gehörte zum Sommer ebenso wie zum Advent. Meine Mutter hatte eine sehr hübsche Stimme, und meine Brüder begleiteten uns mit der Flöte oder der Mundharmonika. Von meinem Vater hörte man nur leises Mitsingen oder Mitbrummen. Er förderte den Gesang aber sehr, indem er sich bestimmte Lieder wünschte, wobei er mindestens so textsicher war, wie wir anderen.

Saßen wir im Sommer abends draußen zusammen dann wurde gesungen. Immer ohne Textbuch. Hatten wir überhaupt eins? Vom Sonnenuntergang bis zum Mondschein schwang sich unser Gesang mit den anderen Geräuschen des Sommerabends durch den Garten.

Viele unserer Freunde wurden von diesem Singen angesteckt und machten mit. Ich erinnere mich, dass ich zu gerne das Lied. „Es geht eine helle Flöte" singen wollte, aber die ersten Noten machten mir große Schwierigkeiten. Einen lieben langen Vormittag sang ich mit meiner Mutter in der Küche: „es geeeht eine helle Flöte", bis ich es endlich begriffen hatte. Dieses beharrliche Üben erinnere ich, wann immer dieses Lied gesungen wird.

Wir liebten es sehr, wenn die Freundin meiner Mutter uns später besuchte und ihre Laute mitbrachte. Bald kannten wir alle Volkslieder im Reigen des Jahres. Natürlich trug dazu auch die Schule bei, denn auch hier hatte das Singen von Wander- und Volksliedern seinen festen Platz. Aber es war nicht nur brav. Wir schmetterten auch Jäger- und Küchenlieder, deren Texte reichlich keck waren. Das machte uns doppelt Spaß, weil es unserer Mutter missfiel.

Wie selbstverständlich wurde beim Erntefest in großer Runde mit allen, die mitgearbeitet hatten, feierlich ein Choral gesungen. Bis heute ist für mich „Nun danket alle Gott" fest mit diesen Erntefesten verbunden.

Der Advent war bei uns ohne Gesang undenkbar. Mit Eltern und Freunden sangen wir unser ganzes Repertoire an Weihnachtsliedern. Und die

Bescherung am Heiligen Abend war ohne gesungen zu haben bei uns undenkbar.

R.G.

Singen

Wie haben wir gesungen, gesungen und gesungen. Fahrtenlieder – Wanderlieder – Abendlieder: „Der Mond ist aufgegangen." Mutti, Hanna, ich – waren die Brüder auch mal dabei? In der „Veranda", der Anbau von 12! qm an das 62qm große Siedlungshäuschen in der Ostpreußenstr. Nr. 4. Mein Vater war zur Jagd. Eigentlich war er immer - irgendwo – anders. Entweder in der Berufschule – oder im Bett- oder – auf dem Flotthof. Das war für uns ganz praktisch: Wir konnten uns bewegen. Wir konnten basteln, lachen, laut sein, sogar singen. Besonders in der Veranda. Besonders, wenn mein Vater weg war, Oh, wie schön wir sangen. Mehrstimmig:

Der Mond ist aufgegangen,
die goldnen Sternlein prangen
am Himmel hell und klar.
Der Wald steht schwarz und schweiget,
und aus dem Wiesen steiget
der weiße Nebel wunderbar.

Wie ist die Welt so stille
und in der Dämmrung Hülle
so traulich und so hold!
Als eine stille Kammer,
wo ihr des Tages Jammer
verschlafen und vergessen sollt.

Das waren seltene Stunden der Einheit. Unvergessen. Ab und zu - selten – wiederholt.
Jetzt – meine – unsere Kinder mögen diese Lieder nicht. Mein Singen nicht. Auf langen Autofahrten früher – von Göttingen nach Kiel: „Hör doch auf, Mutti."
Verloren. Vergessen. Schade.

K.H.

Ein verhindertes Musikgenie

Es gab keinen Tag, an dem bei uns Totenstille herrschte. Obwohl wir weder ein Fernsehgerät, eine Musikanlage und nicht mal ein vernünftiges Radio besaßen, langweilig wurde es nie. Entweder wurden irgendwelche Spiele, speziell „Mensch ärgere Dich nicht" gespielt oder es wurde gesungen.

Natürlich wurde nicht täglich gesungen und musiziert, dazu war der Arbeitstag oft zu beschwerlich. Drei oder vier Mundharmonikas in unterschiedlicher Größe waren in unserer bescheidenen Wohnung immer greifbar, und dann wurde losgelegt, jeder so gut er konnte.

Mit 13 Jahren konnte ich günstig ein Akkordeon auftreiben. Das Quetschkommodespielen brachte ich mir selbst bei, und so manche unterhaltsame Stunde wurde durch meine musikalische Begleitung zu einem stimmungsvollen Fest. Natürlich gab es keine Popmusik, aber Lieder wie:

„Lustig ist das Zigeunerleben"
„Mein Hut, der hat drei Ecken"
„Warum ist es am Rhein so schön",
kamen immer gut an.

Vater konnte sogar an einer Hammondorgel spielen, aber leider ließ es sich finanziell nicht ermöglichen, ein eigenes Instrument zu erwerben. Später habe ich mir dann auch noch das Gitarrenspiel beigebracht, leider nicht so erfolgreich wie Pop Titanen. Ein Gitarrenkursus nach einigen

Jahren brachte mich aber doch noch auf den richtigen Weg.

Alleinunterhalter

Wenn es auch für mich nicht zu größeren musikalischen Höhepunkten gereicht hat, habe ich doch wenigstens etwas bewirkt.
Mein Sohn Oliver und meine älteste Enkelin Lisa singen und spielen Akkordeon/Gitarre in Amateurmusikgruppen und haben schon erfolgreiche öffentliche Auftritte hinter sich.

H.Z.

Das Rätsel der Kuhle

Es ist Jahre her, dass ich mit meiner Freundin einen Sonntagsausflug nach Boren in Angeln unternahm. Ich hatte schon sehr oft von dem letzten Kriegsjahr dort im Pastorat erzählt, und sie hatte vorgeschlagen, ihr diesen Ort einmal zu zeigen.
Welch sonderbare Begegnung mit der Vergangenheit dieser Tag bringen würde, konnte ich nicht ahnen.
Wir parkten unser Auto an der alten Eiche am Schulplatz vor der Kirche. Ob wir Pastor Jürgensens Grab finden konnten? Und tatsächlich, mit Hilfe einer einheimischen Friedhofsbesucherin hatten wir Glück. Sie zeigte uns die Stelle. Wir kamen mit ihr ins Gespräch und erfuhren vom Neubau des Pastorats. Ich erzählte von meiner Zeit in den Jahren 1944 und 1945 im Pastorat, von der Schule und unserem Leben im Dorf. Vieles hatte sich natürlich verändert. Wir umkreisten Kirche, Kirchhof und Schule und wandten uns dem ehemaligen Pastorat zu.
Die Vorgartenanlage und auch der Eindruck des Hauses entsprachen meinen Erinnerungen. Dennoch gab es eine gewisse Fremdheit nach so vielen Jahren. Aber ich war neugierig und ging voran in den Garten. Dort saß eine junge Frau in eine Lektüre vertieft. Ich wagte es, mich zu nähern und erklärte ihr, dass ich auf den Pfaden der

Vergangenheit unterwegs sei und hier im letzten Kriegsjahr gelebt hätte. Sie führte uns durch Garten und Haus. Vieles hatte sich durch den Umbau verändert. Ich erzählte wie das Haus damals ausgesehen hatte und genutzt wurde, auch von der Soldateneinquartierung nach deren Entlassung aus dem Lazarett, der Aufnahme der Flüchtlinge, die mit dem Planwagen aus Ostpreußen in unser Dorf kamen. Auch die alte Scheune, in der wir Hühner, Enten und Puten großzogen, Feuerholz und Torf lagerten und wo sich das Plumpsklo befand, existierte noch.

Wir hatten uns der Grundstücksgrenze genähert, als unsere Begleiterin mich mit einer Bemerkung überraschte. Sie wies auf eine tiefe Kuhle jenseits des Zaunes und meinte, dass sie keine Erklärung für das Vorhandensein dieser fast kreisrunden Vertiefung fände. Da war es mit einem Male wieder da - ich hörte wieder den Tiefflieger und das sich anschließende Gepolter und empfand diese ungeheure Druckwelle. Ein getroffener US Bomber hatte eine zu Ballast gewordene Bombe abgeworfen und war kurz darauf abgestürzt. Der Bombeneinschlag war die Ursache für die Entstehung des Trichters.

Dieses Erlebnis schilderte ich der Frau, und sie konnte nur staunen, endlich die Antwort auf ihre Frage gefunden zu haben. Auf eine derartige Lösung wäre sie nie gekommen.

Kurz darauf wurde es Zeit für den Heimweg. Beim Abschied versicherte unsere Begleiterin wie sehr sie sich freue, so viel Wissenswertes über die Zeit vor dem Erwerb des Hauses erfahren zu haben und endlich zu wissen, welches Geheimnis hinter der sonderbaren Kuhle steckte.

Und auch uns hatte diese Rückbesinnung viel gegeben.

C.H.

In der Reihe Bordesholmer Edition erschienen:

Bd. 1: Das Grab auf der Insel
Der erste Bordesholmkrimi
von Jürgen Baasch, Lydia Glaubke, Charlotte Günther,
Ines Reich und Hartmut Wiedling
ISBN 978-3844800067   172 Seiten   Preis 9,90€

Bd. 2: De Borsholmer Jedemann
Hugo v. Hofmannsthal sien Stück,
in`t Plattdüütsche sett vun Jürgen Baasch
ISBN 978-3848218066   128 Seiten   Preis 8,90€

Bd. 3: Das Licht
und andere Erzählungen
von Jürgen Baasch, Kirsten Frahm,
Viktor Vogt und Hartmut Wiedling
ISBN 978-3848227112   136 Seiten   Preis 8,90€

Bd. 4: Krimidinner
Kriminalroman
von Hartmut Wiedling
ISBN 978-3848219711   260 Seiten Preis 14,90€

Bd. 5: Schmalsteder Beifang
Der zweite Bordesholmkrimi
von Jürgen Baasch, Sivia Biener, Charlotte Günther,
Diana Kühl und Hartmut Wiedling
ISBN 978-3-8482-2419-7   164 Seiten   Preis 9,90€

Bordesholmer Edition
eine Reihe für Autoren von Bordesholm und Umgebung
Herausgeber: J. Baasch und H. Wiedling, Bordesholm
bordesholmer.edition@yahoo.de